超好用的

旅遊日語

編著：李傑
審校：野村卓美

前言

　　進入 21 世紀以來，經濟迅速發展，世界各國的交流也越來越廣泛。在這個國際大環境下，外語已經成為現代人工作、生活、學習中必不可少的基本技能之一。除英語外，日語也已成為目前最熱門的一門外語之一。未來與日本的交流將會變得更加廣泛而密切，因此，語言的交流、溝通將變得更加重要。語言的學習需要一個漫長的過程，要堅持不懈、日積月累。而對於日語零基礎的人來說，如何才能快速地融入日語圈子當中，在旅遊、出差時無語言之憂呢？為了解決大家的後顧之憂，我們適時推出了本書，以滿足大家的需求。

　　本書共由三大部分組成。

　　第一部分：旅遊臨時應急一句話

　　共設 15 個場景，每個場景又精心設計了 12 個常用短句，做到面面俱到，基本滿足日常生活中的各種交流需求；

　　第二部分：最常用的場景用語

　　共設 7 大單元，每個單元又精心設計了 10 至 30 多個不同的場景，涉及場景數達 120 多個左右，每個場景下面配有 4 個重點單詞、5 個常用短句、一組迷你對話，涵蓋了衣食住行等各個方面，讓溝通與表達不再有後顧之憂；

　　第三部分：最常用的旅遊詞匯

　　共設 15 類常用詞匯，每一類又分別精心挑選了 40 個左右的常用詞匯，收錄詞條數達 600 個以上。

　　本書採用的是中日對照方式，並配有羅馬音標，方便大家即時查找，現學現用。

　　以上部分的編寫，編者參考了大量資料，把較常使用的場景及句子全部編入在內，特別是考慮到初學者的學習情況，在保證句子正確性及表現力的基礎上，儘量精簡句型，以保證大家用得習慣、上手。

　　本書承蒙南京大學日語系外教野村卓美先生的校閱，謹此表示衷心的感謝。

　　最後感謝本書的其他編寫人員瞿羽、王燕等。由於編者水平有限，書中錯漏之處和不妥之處在所難免，熱切盼諸位同仁及廣大讀者不吝指教。

編者

目錄

4/ 用餐

認識五十音

mp3 ↓

日語五十音

	あ段	い段	う段	え段	お段
あ行	あ / ア a	い / イ i	う / ウ u	え / エ e	お / オ o
か行	か / カ ka	き / キ ki	く / ク ku	け / ケ ke	こ / コ ko
さ行	さ / サ sa	し / シ shi	す / ス su	せ / セ se	そ / ソ so
た行	た / タ ta	ち / チ chi	つ / ツ tsu	て / テ te	と / ト to
な行	な / ナ na	に / ニ ni	ぬ / ヌ nu	ね / ネ ne	の / ノ no
は行	は / ハ ha	ひ / ヒ hi	ふ / フ fu	へ / ヘ he	ほ / ホ ho
ま行	ま / マ ma	み / ミ mi	む / ム mu	め / メ me	も / モ mo
や行	や / ヤ ya	(い / イ i)	ゆ / ユ yu	(え / エ e)	よ / ヨ yo
ら行	ら / ラ ra	り / リ ri	る / ル ru	れ / レ re	ろ / ロ ro
わ行	わ / ワ wa	(い / イ i)	(う / ウ u)	(え / エ e)	を / ヲ wo
	ん / ン n				

濁音表

	あ段	い段	う段	え段	お段
か行	が / ガ ga	ぎ / ギ gi	ぐ / グ gu	げ / ゲ ge	ご / ゴ go
さ行	ざ / ザ za	じ / ジ ji	ず / ズ zu	ぜ / ゼ ze	ぞ / ゾ zo
た行	だ / ダ da	ぢ / ヂ ji	づ / ヅ zu	で / デ de	ど / ド do
は行	ば / バ ba	び / ビ bi	ぶ / ブ bu	べ / ベ be	ぼ / ボ bo

半濁音表

	あ段	い段	う段	え段	お段
は行	ぱ / パ pa	ぴ / ピ pi	ぷ / プ pu	ぺ / ペ pe	ぽ / ポ po

拗 音 表

	や段	ゆ段	よ段
か行	きゃ kya	きゅ kyu	きょ kyo
が行	ぎゃ gya	ぎゅ gyu	ぎょ gyo
さ行	しゃ sya	しゅ syu	しょ syo
ざ行	じゃ jya	じゅ jyu	じょ jyo
た行	ちゃ tya	ちゅ tyu	ちょ tyo
だ行	ぢゃ jya	ぢゅ jyu	ぢょ jyo
な行	にゃ nya	にゅ nyu	にょ nyo
は行	ひゃ hya	ひゅ hyu	ひょ hyo
ば行	びゃ bya	びゅ byu	びょ byo
ぱ行	ぴゃ pya	ぴゅ pyu	ぴょ pyo
ま行	みゃ mya	みゅ myu	みょ myo
ら行	りゃ rya	りゅ ryu	りょ ryo

撥音

ん（ン）

撥音一般不單獨使用，也不用於詞首，只能接在其他假名之後。

促音

っ（小寫つ偏右）

促音出現在か行、さ行、た行、ば行音的前面。外來語的話也有機會出現在ザ行、ダ行等音的前面。

長音

日語分為長音和短音，至此為止介紹過的日語的所有假名（撥音ん除外）都是短音。長音的長度大致為短音的兩倍，發音方法為將前面假名的發音拉長一拍。

	一般規則	特殊情況
あ段假名後	＋［あ］	×
い段假名後	＋［い］	×
う段假名後	＋［う］	×
え段假名後	＋［い］	＋［え］
お段假名後	＋［う］	＋［お］
外來語單詞	＋［ー］	×

Part 1

旅遊臨時應急一句話

01 緊急情況

01 救命！
　助けて。
　ta su ke te.

02 著火了！
　火事だ。
　ka ji da.

03 危險！
　危ない。
　a bu na i.

04 有小偷！
　泥棒。
　do ro bou.

05 出交通意外了。
　交通事故だ。
　kou tuu ji ko da.

06 請叫一下警察。
　警察を呼んでください。
　kei sa tsu o yon de ku da sa i.

07 請叫救護車。
　救急車を呼んでください。
　kyuu kyuu sya o yon de ku da sa i.

08 請打電話到大使館。
　大使館に電話してください。
　ta i shi kan ni den wa shi te ku da sa i.

09 緊急出口在哪裡？
　非常口はどこですか。
　hi jyou gu chi wa do ko de su ka.

10 我迷路了。
　道に迷いました。
　mi chi ni ma yo i ma shi ta.

11 我的袋被偷了。
　カバンを盗まれました。
　ka ban o nu su ma re ma shi ta.

12 我的錢包被偷了。
　財布を取られました。
　sa i fu o to ra re ma shi ta.

02 寒暄問候

mp3

01 早上好。
おはようございます。
o ha you go za i ma su.

02 你好。
こんにちは。
kon ni chi wa.

03 晚上好。
こんばんは。
kon ban wa.

04 你還好嗎？
お元気ですか。
o gen ki de su ka.

05 晚安。
お休みなさい。
o ya su mi na sa i.

06 謝謝。
ありがとうございます。
a ri ga tou go za i ma su.

07 不用謝。
いいえ、どういたしまして。
ii e, dou i ta shi ma shi te.

08 謝謝您的關照。
たいへんお世話になりました。
ta i hen o se wa ni na ri ma shi ta.

09 對不起。
すみません。 / ごめんなさい。
su mi ma sen. / go men na sa i.

10 非常抱歉。
申し訳ございません。
mou shi wa ke go za i ma sen.

11 我遲到了，真不好意思。
遅れて、すみません。
o ku re te, su mi ma sen.

12 再見。
さよなら。 / バイバイ。
sa yo na ra. / ba i ba i.

01 初次見面，我是張雷，請多關照。

はじめまして、張 雷と申します。よろしくお願いします。

ha ji me ma shi te, cyou ra i to mou shi ma su. yo ro shi ku o ne ga i
shi ma su.

02 大家好，我是山下。

みなさん、こんにちは。私は山下と言います。

mi na san, kon ni chi wa. wa ta shi wa ya ma shi ta to i i ma su.

03 自我介紹一下，我是來自中國的小李。

自己 紹 介します。中国から來た李と申します。

ji ko syou ka i shi ma su. cyuu go ku ka ra ki ta ri to mou shi ma su.

04 請允許我自我介紹一下，我是小王。

自己 紹 介させていただきます。王と申します。

ji ko syou ka i sa se te i ta da ki ma su. ou to mou shi ma su.

05 我是剛剛被介紹的趙亮。

ただいま 紹 介 をいただきました 趙 亮 です。

ta da i ma syou ka i o i ta da ki ma shi ta cyou ryou de su.

06 我是營銷負責人小李，以後請多多關照。

営 業 担当の李です。これから、よろしくお願いします。

e i gyou tan tou no ri de su. ko re ka ra, yo ro shi ku o ne ga i shi ma
su.

07 我今年 22 歲。
今年 ２２ 歳です。
ko to shi ni jyuu ni sa i de su.

08 我第一次來日本。
日本は初めてです。
ni hon wa ha ji me te de su.

09 我的愛好是讀書。
私 の趣味は本を読むことです。
wa ta shi no syu mi wa hon o yo mu ko to de su.

10 我喜歡跳社交舞。
私 は社交ダンスが好きです。
wa ta shi wa sya kou dan su ga su ki de su.

11 能在日本遇見田中先生，真的非常高興。
日本で田中さんと出会って、本当にうれしいです。
ni hon de ta na ka san to de a tte, hon tou ni u re shi i de su.

12 能與松本先生相識，真的非常高興。
松本さんと知り合いになって、本当にうれしいです。
ma tsu mo to san to shi ri a i ni na tte, hon tou ni u re shi i de su.

01 要出示護照嗎？

パスポートを提示しなければなりませんか。

pa su po- to o tei ji shi na ke re ba na ri ma sen ka.

02 你好，這是我的護照。

こんにちは。これが私のパスポートです。

kon ni chi wa. ko re ga wa ta shi no pa su po- to de su.

03 這是我的行李。

これは私の荷物です。

ko re wa wa ta shi no ni mo tsu de su.

04 行李箱裡面有易碎物品。

トランクの中には割れやすい物が入っています。

to ran ku no na ka ni wa wa re ya su i mo no ga ha i tte i ma su.

05 兩件行李可以吧？

荷物は二つで大丈夫ですか。

ni mo tsu wa fu ta tsu de da i jyou bu de su ka.

06 我的行李超過了 20 公斤怎麼辦？

私の荷物は 20 キロを超えていますが、どうすればいいですか。

wa ta shi no ni mo tsu wa ni jyu kki ro o ko e te i ma su ga, dou su re ba i i de su ka.

07 我可以帶著這個上飛機嗎？
これを持って飛行機に乗ってもいいですか。
ko re o mo tte hi kou ki ni no tte mo i i de su ka.

08 我想坐在窗邊。
窓側に座りたいんですが。
ma do ga wa ni su wa ri ta in de su ga.

09 請給我窗邊的座位。
窓側をお願いします。
ma do ga wa o o ne ga i shi ma su.

10 這樣就可以了嗎？
これで、もういいですか。
ko re de, mo u i i de su ka.

11 我在幾號登機口登機？
私は何番の搭乗口から乗りますか。
wa ta shi wa nan ban no tou jyou gu chi ka ra no ri ma su ka.

12 去登機口怎麼走？
搭乗口へはどうやって行きますか。
tou jyou gu chi e wa dou ya tte i ki ma su ka.

01 不好意思，請給我飲品。

すみません。飲み物をください。

su mi ma sen. no mi mo no o ku da sa i.

02 有果汁嗎？

ジュースがありますか。

jyu- su ga a ri ma su ka.

03 我要咖啡。

コーヒーをお願いします。

ko- hi- o o ne ga i shi ma su.

04 請幫我加一點牛奶。

ミルクを少し入れてください。

mi ru ku o su ko shi i re te ku da sa i.

05 什麼時候有飛機餐？

機内食 はいつ出るんですか。

ki na i syo ku wa i tsu de run de su ka.

06 請給我麵。

麺をお願いします。

men o o ne ga i shi ma su.

07 能關一下冷氣嗎？

冷房を止めていただけませんか。

re i bou o to me te i ta da ke ma sen ka.

08 請給我毛毯。

毛布をお願いします。

mou fu o o ne ga i shi ma su.

09 可以換一下座位嗎？

座席を変えてもいいですか。

za se ki o ka e te mo ii de su ka.

10 幾點會到達成田機場？

成田空港には何時に到着しますか。

na ri ta kuu kou ni wa nan ji ni tou cya ku shi ma su ka.

11 大約會遲多久？

どれぐらい遅れそうですか。

do re gu ra i o ku re sou de su ka.

12 現在可以拿行李嗎？

今荷物を降ろしてもいいですか。

i ma ni mo tsu o o ro shi te mo i i de su ka.

01 你會説中文嗎？

中国語 <small>ちゅうごく ご</small> ができますか。

cyuu go ku go ga de ki ma su ka.

02 入境的目的是觀光。

入国 <small>にゅうこく</small> の目的 <small>もくてき</small> は観光 <small>かんこう</small> です。

nyu ko ku no mo ku te ki wa kan kou de su.

03 是因為工作關係而來的。

仕事 <small>しごと</small> の関係 <small>かんけい</small> で來 <small>き</small> ました。

shi go to no kan ke i de ki ma shi ta.

04 我要去東京大學。

私 <small>わたし</small> は東京大学 <small>とうきょうだいがく</small> に行 <small>い</small> きます。

wa ta shi wa tou kyou da i ga ku ni i ki ma su.

05 打算待兩三天。

二三日間滞在 <small>にさんにちかんたいざい</small> の予定 <small>よてい</small> です。

ni san ni chi kan ta i za i no yo tei de su.

06 住在東京酒店。

東京 <small>とうきょう</small> ホテルに泊 <small>と</small> まります。

tou kyou ho te ru ni to ma ri ma su.

07 還沒有決定。

まだ決めていません。

ma da ki me te i ma sen.

08 拜託了朋友，正在找酒店。

友達に頼んでホテルを探しています。

to mo da chi ni ta non de ho te ru o sa ga shi te i ma su.

09 我在日本有 3 個朋友。

日本には友達が 3 人います。

ni hon ni wa to mo da chi ga san nin i ma su.

10 這是我的海關申報單。

これは 私 の税関申告書です。

ko re wa wa ta shi no zei kan shin ko ku syo de su.

11 行李裡面是酒和手信。

トランクの中にお酒とお土産が入っています。

to ran ku no na ka ni o sa ke to o mi ya ge ga ha i tte i ma su.

12 寫在這裡可以嗎？

ここに書いてもいいですか。

ko ko ni ka i te mo i i de su ka.

01 火車站怎樣去？

<ruby>駅<rt>えき</rt></ruby>はどうやっていきますか。

e ki wa dou ya tte i ki ma su ka.

02 附近有銀行嗎？

<ruby>近<rt>ちか</rt></ruby>くに<ruby>銀行<rt>ぎんこう</rt></ruby>がありますか。

chi ka ku ni gin kou ga a ri ma su ka.

03 直行就可以嗎？

まっすぐ<ruby>行<rt>い</rt></ruby>けばいいですか。

ma ssu gu i ke ba i i de su ka.

04 從第三個交通燈右轉嗎？

<ruby>三番目<rt>さんばんめ</rt></ruby>の<ruby>信号<rt>しんごう</rt></ruby>を<ruby>右<rt>みぎ</rt></ruby>に<ruby>曲<rt>ま</rt></ruby>がりますか。

san ban me no shin gou o mi gi ni ma ga ri ma su ka.

05 我想去新宿，要坐幾號線？

<ruby>新宿<rt>しんじゅく</rt></ruby>へ<ruby>行<rt>い</rt></ruby>きたいんですが、<ruby>何線<rt>なにせん</rt></ruby>に<ruby>乗<rt>の</rt></ruby>ればいいですか。

shin jyu ku e i ki ta in de su ga, na ni sen ni no re ba i i de su ka.

06 去時鐘廣場從幾號出口出？

<ruby>時計<rt>とけい</rt></ruby><ruby>広場<rt>ひろば</rt></ruby>は<ruby>何番<rt>なんばん</rt></ruby>の<ruby>出口<rt>でぐち</rt></ruby>から<ruby>出<rt>で</rt></ruby>ますか。

to ke i hi ro ba wa nan ban no de gu chi ka ra de ma su ka.

07 沿這條路直行。

この道に沿ってまっすぐ行きます。

ko no mi chi ni so tte ma ssu gu i ki ma su.

08 請在第二個路口左轉。

二つ目の十字路を左に曲がってください。

fu ta tsu me no jyuu ji ro o hi da ri ni ma ga tte ku da sa i.

09 就在醫院的前面。

病院の手前です。

byou in no te ma e de su.

10 走路要 5 分鐘左右。

歩いて 5 分ぐらいです。

a ru i te go fun gu ra i de su.

11 坐西武線最近。

西武線が一番近いです。

sei bu sen ga i chi ban chi ka i de su.

12 從 2 號口出來，往右轉就是了。

二番の出口から出て、右に曲がってすぐです。

ni ban no de gu chi ka ra de te, mi gi ni ma ga tte su gu de su.

01 **兌換窗口在哪裡？**

りょうがえ　まどぐち
両替の窓口はどこですか。

ryou ga e no ma do gu chi wa do ko de su ka.

02 **在哪裡可以換錢呢？**

りょうがえ
両替はどこでしたらいいですか。

ryou ga e wa do ko de shi ta ra i i de su ka.

03 **這裡能換錢嗎？**

りょう　がえ
ここで　両替できますか。

ko ko de ryou ga e de ki ma su ka.

04 **兌換到幾點？**

りょうがえ　なんじ
両替は何時までですか。

ryou ga e wa nan ji ma de de su ka.

05 **請給我換成日元。**

えん　か
円に替えてください。

en ni ka e te ku da sa i.

06 **請給我換成美元。**

りょうがえ
ドルに両替してください。

do ru ni ryou ga e shi te ku da sa i.

07　我想換 30 萬日元，要多少人民幣？

３０万円に 両替したいんですが、人民元はいくらになりますか。

san jyuu man en ni ryou ga e shi ta in de su ga, jin min gen wa i ku ra ni na ri ma su ka.

08　請只給我 1 萬元面值的日元。

一万円札だけでお願いします。

i chi man en sa tsu da ke de o ne ga i shi ma su.

09　請給我 3 張五千元和 5 張一千元的日元。

五千円札 3 枚と千円札 5 枚でお願いします。

go sen en sa tsu san ma i to sen en sa tsu go ma i de o ne ga i shi ma su.

10　請給我零錢。

細かいお金の方がいいです。

ko ma ka i o ka ne no hou ga i i de su.

11　請再給我一些零錢。

細かいお金も混ぜてください。

ko ma ka i o ka ne mo ma ze te ku da sa i.

12　請幫我把這些錢打散。

これをくずしてください。

ko re o ku zu shi te ku da sa i.

01 附近有巴士站嗎？

近(ちか)くにバス停(てい)がありますか。

chi ka ku ni ba su te i ga a ri ma su ka.

02 最近的地鐵站在哪裡？

一番(いちばん)近(ちか)い地下鉄(ち か てつ)の駅(えき)はどこですか。

i chi ban chi ka i chi ka te tsu no e ki wa do ko de su ka.

03 售票處在哪裡？

切符(きっぷ)売(う)り場(ば)はどこですか。

ki ppu u ri ba wa do ko de su ka.

04 到新宿要多少錢？

新宿(しんじゅく)までいくらですか。

shin jyu ku ma de i ku ra de su ka.

05 這架巴士經過東京鐵塔附近嗎？

このバスは東京(とうきょう)タワーの近(ちか)くを通(とお)りますか。

ko no ba su wa tou kyou ta wa- no chi ka ku o to o ri ma su ka.

06 京成線經過晴空塔站嗎？

京成線(けいせいせん)はスカイツリー駅(えき)を通(とお)りますか。

kei sei sen wa su ka i tsu ri- e ki o to o ri ma su ka.

07 我要去銀座，要坐什麼線？

銀座へ行きたいんですが、何線に乗ればいいですか。

gin za e i ki ta in de su ga, na ni sen ni no re ba i i de su ka.

08 在哪裡坐開往東京的丸之內線？

東京行きの丸の内線はどこで乗ればいいですか。

tou kyou yu ki no ma ru no u chi i sen wa do ko de no re ba i i de su ka.

09 在哪裡轉車？

どこで乗り換えるんですか。

do ko de no ri ka e run de su ka.

10 的士站在哪裡？

タクシー乗り場はどこにあるんですか。

ta ku shi- no ri ba wa do ko ni a run de su ka.

11 請去渉谷站。

渋谷駅までお願いします。

shi bu ya e ki ma de o ne ga i shi ma su.

12 不好意思，請快點。

すみませんけど、急いでください。

su mi ma sen ke do, i so i de ku da sa i.

01　我想買相機。

カメラを買いたいです。

ka me ra o ka i ta in de su.

02　有稍微便宜點的嗎？

もっと安いのがありませんか。

mo tto ya su i no ga a ri ma sen ka.

03　我不怎麼喜歡。

あまり気に入りませんが。

a ma ri ki ni i ri ma sen ga.

04　可以試一下嗎？

着てみてもいいですか。

ki te mi te mo i i de su ka.

05　試身室在哪裡？

試着室はどこですか。

shi cya ku shi tsu wa do ko de su ka.

06　有適合我的尺寸嗎？

私に合うサイズはどれですか。

wa ta shi ni a u sa i zu wa do re de su ka.

07 輕一點的較好。

軽いほうがいいんです。

ka ru i hou ga i in de su.

08 請給我看一下那個。

あれを見せてください。

a re o mi se te ku da sa i.

09 請給我這個。

これをください。

ko re o ku da sa i.

10 一共多少錢？

全部でいくらですか。

zen bu de i ku ra de su ka.

11 可以刷卡嗎？

カードで払ってもいいですか。

ka- do de ha ra tte mo i i de su ka.

12 請給我收據。

レシートをお願いします。

re shi- to o o ne ga i shi ma su.

01 請給我們禁煙區的座位。

禁煙席をお願いします。

kin en se ki o o ne ga i shi ma su.

02 這個地方可以坐嗎？

この場所は空いていますか。

ko no ba syo wa a i te i ma su ka.

03 請給我看一下餐牌。

メニューを見せてください。

me nyu- o mi se te ku da sa i.

04 你們今天推薦的菜式是什麼？

今日のおすすめ料理はなんですか。

kyou no o su su me ryou ri wa nan de su ka.

05 我不能吃辣的食物。

私は辛い物が苦手です。

wa ta shi wa ka ra i mo no ga ni ga te de su.

06 我不能吃生的東西。

私は生の物が食べられません。

wa ta shi wa na ma no mo no ga ta be ra re ma sen.

07 請給我和他一樣的。

かれ　おな
彼と同じものをください。
ka re to o na ji mo no o ku da sa i.

08 有烏冬嗎？

うどんがありますか。
u don ga a ri ma su ka.

09 請給我兩瓶生啤。

なま　　　　　に　ほん　ねが
生ビールを 2 本お願いします。
na ma bi- ru o ni hon o ne ga i shi ma su.

10 乾杯！

かんぱい
乾杯しましょう。
kan pa i shi ma syou.

11 請告訴我這個怎麼吃。

た　　かた　おし
食べ方を教えてください。
ta be ka ta o o shi e te ku da sa i.

12 請結賬。

かんじょう　　　ねが
勘定をお願いします。
kan jyou o o ne ga i shi ma su.

mp3 ↑

01 好像感冒了。

風邪を引いたようです。

ka ze o hi i ta you de su.

02 有點發燒。

ちょっと熱があります。

cyo tto ne tsu ga a ri ma su.

03 頭痛。

頭 が痛いです。

a ta ma ga i ta i de su.

04 喉嚨也痛。

のども痛いです。

no do mo i ta i de su.

05 晚上咳得厲害。

夜は咳がすごいです。

yo ru wa se ki ga su go i de su.

06 有預防感冒的藥嗎？

風邪を予防する 薬 がありますか。

ka ze o yo bou su ru ku su ri ga a ri ma su ka.

07 沒什麼食慾。

あまり 食欲 がありません。
しょくよく

a ma ri syo ku yo ku ga a ri ma sen.

08 附近有醫院嗎？

近くに 病院 がありますか。
ちか　　びょういん

chi ka ku ni byou in ga a ri ma su ka.

09 我覺得打針比較好。

注射したほうがいいと思います。
ちゅうしゃ　　　　　　　おも

cyuu sya shi ta hou ga i i to o mo i ma su.

10 一天 3 次飯前吃，對吧？

一日 3 回、 食事 の前に飲むんですね。
いちにちさんかい　しょくじ　まえ　の

i chi ni chi san ka i, syo ku ji no ma e ni no mun de su ne.

11 手受傷了。

手をちょっとけがしています。
て

te o cyo tto ke ga shi te i ma su.

12 估計骨折了。

骨折していると思います。
こっせつ　　　　　　　おも

ko sse tu shi te i ru to o mo i ma su.

01 你好，是松本先生嗎？
もしもし。松本さんですか。
mo shi mo shi. ma tsu mo to san de su ka.

02 我是小李，您是哪位？
こちらは李です。どちら様でしょうか。
ko chi ra wa ri de su. do chi ra sa ma de syou ka.

03 請讓田中先生接電話吧。
田中さんを、お願いします。
ta na ka san o , o ne ga i shi ma su.

04 請稍等。
少々 お待ちください。
syou syou o ma chi ku da sa i.

05 不好意思，山本先生現在不在。
すみません、山本さんは今出かけております。
su mi ma sen, ya ma mo to san wa i ma de ka ke te o ri ma su.

06 哪裡有公眾電話？
公衆電話はどこですか。
kou syuu den wa wa do ko de su ka.

07 電話費是多少？

通話料はいくらになりますか。

tsuu wa ryou wa i ku ra ni na ri ma su ka.

08 我可以借用一下您的電話嗎？

電話をお借りできませんか。

den wa o o ka ri de ki ma sen ka.

09 你知道郵局的電話號碼嗎？

郵便局の電話番号を知っていますか。

yuu bin kyo ku no den wa ban gou o shi tte i ma su ka.

10 我想打電話到這裡，能幫我查一下電話號碼嗎？

ここに電話したいんですが、番号を調べてくれませんか。

ko ko ni den wa shi ta i n de su ga, ban gou o shi ra be te ku re ma sen ka.

11 不好意思，請大聲點。

すみません。大きな声でお願いします。

su mi ma sen. oo ki na ko e de o ne ga i shi ma su.

12 好的，再見。

じゃ、失礼します。

jya, shi tsu re i shi ma su.

14　在酒店

01 請給我辦理入住手續。
チェックインをお願いします。
cye kku in o o ne ga i shi ma su.

02 把鑰匙遺留在房間了。
部屋に鍵を忘れました。
he ya ni ka gi o wa su re ma shi ta.

03 熱水不出來。
お湯が出ないんです。
o yu ga de na in de su.

04 暖氣用不到。
暖房がきかないんです。
dan bou ga ki ka na in de su.

05 房間非常吵。
部屋がとてもうるさいんです。
he ya ga to te mo u ru sa in de su.

06 房間有點髒。
部屋がちょっと汚いです。
he ya ga cyo tto ki ta na i de su.

07 沒有毛巾。

タオルがないんです。

ta o ru ga na in de su.

08 電視沒有影像。

テレビが映(うつ)らないんです。

te re bi ga u tsu ra na in de su.

09 電話不通。

電話(でんわ)が通(つう)じないんです。

den wa ga tsuu ji na in de su.

10 能給我換個房間嗎？

部屋(へや)を替(か)えていただけませんか。

he ya o ka e te i ta da ke ma sen ka.

11 餐廳幾點開門？

食堂(しょくどう)は何時(なんじ)からですか。

syo ku dou wa nan ji ka ra de su ka.

12 請給我辦理退房手續。

チェックアウトをお願(ねが)いします。

cye kku a u to o o ne ga i shi ma su.

01
賣鐘錶的專櫃在哪裡？
時計売り場はどこですか。
to kei u ri ba wa do ko de su ka.

02
我想買點手信。
お土産を買いたいんですが。
o mi ya ge o ka i ta in de su ga.

03
一個人能買幾個？
一人何個まで買えますか。
hi to ri nan ko ma de ka e ma su ka.

04
香煙能買幾盒？
タバコは何箱まで買えますか。
ta ba ko wa nan ha ko ma de ka e ma su ka.

05
這裡有明信片賣嗎？
絵葉書は売っていますか。
e ha ga ki wa u tte i ma su ka.

06
我可以用一下這個小推車嗎？
このワゴンを使ってもいいですか。
ko no wa gon o tsu ka tte mo i i de su ka.

07 請給我 5 個這個。

これを 5 つお願いします。

ko re o i tsu tsu o ne ga i shi ma su.

08 能給我包裝一下嗎？

これを包装してくれませんか。

ko re o hou sou shi te ku re ma sen ka.

09 請給我 3 個袋子。

袋 を 3 つお願いします。

fu ku ro o mi ttsu o ne ga i shi ma su.

10 一起付可以嗎？

まとめて払ってもいいですか。

ma to me te ha ra tte mo ii de su ka.

11 一共多少錢？

全部でいくらになりますか。

zen bu de i ku ra ni na ri ma su ka.

12 請給我收據。

領 収 書をお願いします。

ryou syuu syo o o ne ga i shi ma su.

Part 2

最常用的場景用語

► 往來日本

01 購買機票

重要詞匯

售票處	切符売り場	ki ppu u ri ba
張	枚	ma i
票、券	チケット	chi ke tto
買	買う	ka u

常用短句

❶ 不好意思，請問售票處在哪裡？

すみません。切符売り場はどこですか。

su mi ma sen. ki ppu u ri ba wa do ko de su ka.

❷ 我想買去上海的機票。

上海までのチケットを買いたいんです。

syan ha i ma de no chi ke tto o ka i ta in de su.

❸ 請給我上午出發航班的票。

午前中出発するのをお願いします。

go zen cyuu syu ppa tsu su ru no o o ne ga i shi ma su.

④ **請給我 2 張。**

２枚お願いします。

ni ma i o ne ga i shi ma su.

⑤ **要護照嗎？**

パスポートが要りますか。

pa su po- to ga i ri ma su ka.

迷你會話

A: **你好，我想買去上海的機票。**

こんにちは。上海までのチケットを買いたいんですが。

kon ni chi wa. syan ha i ma de no chi ke tto o ka i ta in de su ga.

B: **幾號的機票呢？**

何日のチケットですか。

nan ni chi no chi ke tto de su ka.

A: **請給我 7 號上午飛往上海的機票。**

七日午前 中 の 上 海行きをお願いします。

na no ka go zen cyuu no syan ha i yu ki o o ne ga i shi ma su.

B: **好的，明白了。**

はい、かしこまりました。

ha i. ka shi ko ma ri ma shi ta.

重要詞匯

預約、預訂	予約する	yo ya ku su ru
開往	行き	yu ki
護照	パスポート	pa su po- to
請求	願う	ne ga u

常用短句

❶ **打擾一下，我想預訂機票。**

すみません。飛行機のチケットを予約したいです。

su mi ma sen. hi kou ki no chi ke tto o yo ya ku shi ta i de su.

❷ **能預訂這個月 22 號飛往東京的機票嗎？**

今月 ２２日東京行きのチケットを予約できますか。

kon ge tsu ni jyuu ni ni chi tou kyou yu ki no chi ke tto o yo ya ku de ki ma su ka.

❸ **晚一天也可以。**

その次の日も大丈夫です。

so no tsu gi no hi mo da i jyou bu de su.

❹ **請把電子機票發到我的電郵。**

電子チケットは 私 のメールボックスに送信してください。

den shi chi ke tto wa wa ta shi no me- ru bo kku su ni sou shin shi te ku da sa i.

❺ **我的電郵地址是 12345@163.com。**

私 のメールアドレスは 12345@163.com です。

wa ta shi no me- ru a do re su wa 12345@163. com de su.

迷你會話

A: **你好，我想預訂 22 號飛往東京的機票。**

こんにちは。 ２２日東 京 行きのチケットを予約したいん
です が。

kon ni chi wa. ni jyuu ni ni chi tou kyou yu ki no chi ke tto o yo ya ku shi ta in de su ga.

B: **中國國際航空 22 號上午 10 點 15 分可以嗎？**

２２日午前１０時 １５分 中 国国際航空でよろしいで
す か。

ni jyuu ni ni chi go zen jyuu ji jyuu go fun cyuu go ku ko ku sa i kou kuu de yo ro shi i de su ka.

A: **好的，拜託了。**

はい。お願いします。

ha i. o ne ga i shi ma su.

03 櫃檯取票

mp3 ↑

重要詞匯

櫃檯	フロント	fu ron to
票	券 けん	ken
取	受け取る う と	u ke to ru
要求	注文 ちゅう もん	cyuu mon

常用短句

❶ **這裡可以取票嗎?**

ここでチケットを受け取ることができますか。
ko ko de chi ke tto o u ke to ru ko to ga de ki ma su ka.

❷ **我想取之前預訂的票。**

この前予約したチケットを受け取りたいんです。
ko no ma e yo ya ku shi ta chi ke tto o u ke to ri ta in de su.

❸ **請給我窗邊的座位。**

席は窓側をお願いします。
se ki wa ma do ga wa o o ne ga i shi ma su.

④ 只要不是中間位置，哪裡都可以（沒有特別的要求）。

席は真ん中でなければ、特に注文はありません。
se ki wa man na ka de na ke re ba, to ku ni cyuu mon wa a ri ma sen.

⑤ 這樣可以嗎？

これでよろしいですか。
ko re de yo ro shii de su ka.

迷你會話

A: 你好。

こんにちは。
kon ni chi wa.

B: 你好，我想取之前預訂的機票。

こんにちは。この前予約したチケットを受け取りたいんで
すが。
kon ni chi wa. ko no ma e yo ya ku shi ta chi ke tto o u ke to ri ta in de su ga.

A: 請給我看一下您的護照。

パスポートをお願いします。
pa su po- to o o ne ga i shi ma su.

B: 好的，給你。

はい、これです。
ha i, ko re de su.

重要詞匯

座位	席 せき	se ki
選	選ぶ えら	e ra bu
坐	座る すわ	su wa ru
窗邊	窓側 まどがわ	ma do ga wa

常用短句

❶ **我可以選一下座位嗎？**
席を選んでもいいですか。
せき えら
se ki o e ran de mo i i de su ka.

❷ **請給我窗邊的座位。**
窓側をお願いします。
まどがわ　　　ねが
ma do ga wa o o ne ga i shi ma su.

❸ **我想坐在稍微靠前的地方。**
少し前に座りたいです。
すこ　まえ　すわ
su ko shi ma e ni su wa ri ta i de su.

❹ 我想坐在窗邊。

窓側に座りたいです。

ma do ga wa ni su wa ri ta i de su.

❺ 我想坐在安全出口處。

非常口のところに座りたいです。

hi jyou gu chi no to ko ro ni su wa ri ta i de su.

迷你會話

A: 不好意思，請給我窗邊的座位。

すみませんが、窓側をお願いします。

su mi ma sen ga, ma do ga wa o o ne ga i shi ma su.

B: 好的，知道了。

はい、かしこまりました。

ha i, ka shi ko ma ri ma shi ta.

05 托運行李

mp3 ↑

重要詞匯

行李	荷物(にもつ)	ni mo tsu
托運	預ける(あず)	a zu ke ru
千克	キログラム	ki ro gu ra mu
簽名	サイン	sa in

常用短句

❶ 我想托運行李。
荷物(にもつ)を預(あず)けたいです。
ni mo tsu o a zu ke ta i de su.

❷ 一個人能托運多重的行李？
一人(ひとり)何(なん)キロまで預(あず)けられますか。
hi to ri nan ki ro ma de a zu ke ra re ma su ka.

❸ 一個人能托運幾件行李？
一人(ひとり)何個(なんこ)の荷物(にもつ)を預(あず)けられますか。
hi to ri nan ko no ni mo tsu o a zu ke ra re ma su ka.

❹ **在這裡簽名嗎？**

ここにサインしますか。
ko ko ni sa in shi ma su ka.

❺ **用中文寫可以嗎？**

中国語で書いてもいいですか。
cyuu go ku go de ka i te mo i i de su ka.

迷你會話

A: **你好。這是我的行李。**

こんにちは。これは私の荷物です。
kon ni chi wa. ko re wa wa ta shi no ni mo tsu de su.

B: **一共 2 件嗎？**

全部で二つですか。
zen bu de fu ta tsu de su ka.

A: **是的。**

はい、そうです。
ha i, sou de su.

06 行李超重

重要詞匯

重量	重<small>おも</small>さ	o mo sa
超過	超<small>こ</small>える	ko e ru
超重費	超過料金<small>ちょう か りょうきん</small>	tyou ka ryou kin
沒辦法	仕方<small>しかた</small>ない	shi ka ta na i

常用短句

❶ 行李超重了嗎？
荷物<small>に もつ</small>の重<small>おも</small>さは超<small>こ</small>えましたか。
ni mo tsu no o mo sa wa ko e ma shi ta ka.

❷ 那我應該怎麼辦？
私<small>わたし</small>はどうすればいいですか。
wa ta shi wa dou su re ba i i de su ka.

❸ 超重了多少？
いくらぐらい超<small>こ</small>えていますか。
i ku ra gu ra i ko e te i ma su ka.

❹ **超重費要付多少錢？**
　<ruby>超<rt>ちょう</rt></ruby><ruby>過<rt>か</rt></ruby><ruby>料<rt>りょう</rt></ruby><ruby>金<rt>きん</rt></ruby>はいくらになりますか。
　tyou ka ryou kin wa i ku ra ni na ri ma su ka.

❺ **真沒辦法啊！**
　<ruby>仕方<rt>しかた</rt></ruby>ないな。
　shi ka ta na i na.

迷你會話

A: **您的行李超重了。**
　<ruby>荷物<rt>にもつ</rt></ruby>の<ruby>重<rt>おも</rt></ruby>さが　<ruby>超<rt>ちょう</rt></ruby><ruby>過<rt>か</rt></ruby>しておりますが。
　ni mo tsu no o mo sa ga tyou ka shi te o ri ma su ga.

B: **超重了多少？**
　どのぐらい<ruby>超<rt>こ</rt></ruby>えていますか。
　do no gu ra i ko e te i ma su ka.

A: **超重 1 千克，要付超重費。**
　<ruby>1<rt>いち</rt></ruby>キロを<ruby>超<rt>こ</rt></ruby>えていますので、<ruby>超<rt>ちょう</rt></ruby><ruby>過<rt>か</rt></ruby><ruby>料<rt>りょう</rt></ruby><ruby>金<rt>きん</rt></ruby>をいただきます。
　i chi ki ro o ko e te i ma su no de, tyou ka ryou kin o i ta da ki ma su.

B: **真沒辦法啊！**
　<ruby>仕方<rt>しかた</rt></ruby>ないな。
　shi ka ta na i na.

07 支付超重費用

重要詞匯

日元	円<ruby>えん</ruby>	man en
超過	オーバーする	o- ba- su ru
支付	支払<ruby>しはら</ruby>う	shi ha ra u
收據	レシート	re shi- to

常用短句

❶ 超重費要付多少錢？
　超過料金<ruby>ちょうかりょうきん</ruby>はいくらになりますか。
　tyou ka ryou kin wa i ku ra ni na ri ma su ka.

❷ 一萬日元。
　一万円<ruby>いちまんえん</ruby>です。
　i chi man en de su.

❸ 我以後會注意的。
　これから気<ruby>き</ruby>を付<ruby>つ</ruby>けます。
　ko re ka ra ki o tsu ke ma su.

❹ 給您添麻煩了，真不好意思。

ご迷惑をかけて、すみません。

go me i wa ku o ka ke te, su mi ma sen.

❺ 請給我收據。

レシートをお願いします。

re shi- to o o ne ga i shi ma su.

迷你會話

A: 您的行李超重了，要付超重費。

荷物の重さがオーバーしていますので、超過料金がかかりますが。

ni mo tsu no o mo sa ga o- ba- shi te i ma su no de, tyou ka ryou kin ga ka ka ri ma su ga.

B: 超重費要付多少錢？

超過料金はいくらになりますか。

tyou ka ryou kin wa i ku ra ni na ri ma su ka.

A: 一萬日元。

1万円です。

i chi man en de su.

B: 好的。請給我收據。

分かりました。レシートをお願いします。

wa ka ri ma shi ta. re shi- to o o ne ga i shi ma su.

08 有易碎物品

重要詞匯

行李	トランク	to ran ku
香水	香水(こうすい)	kou su i
易碎	割(わ)れやすい	wa re ya su i
有	ある	a ru

常用短句

❶ 不好意思，行李中有易碎品。

すみません。トランクの中(なか)に割(わ)れやすいものが入(はい)っています。

su mi ma sen. to ran ku no na ka ni wa re ya su i mo no ga ha i tte i ma su.

❷ 裡面有玻璃製品，請小心一點。

中(なか)にはガラス製品(せいひん)がありますので、気(き)をつけてください。

na ka ni wa ga ra su sei hin ga a ri ma su no de, ki o tsu ke te ku da sa i.

❸ 這是易碎品。

これは割(わ)れやすいものです。

ko re wa wa re ya su i mo no de su.

❹ 這個袋裡有香水。

このかばんの中に香水があります。

ko no ka ban no na ka ni kou su i ga a ri ma su.

❺ 這個我隨身帶著。

これは携帯します。

ko re wa kei ta i shi ma su.

迷你會話

A: 不好意思，行李中有易碎品。

すみません。トランクの中に割れやすいものが入っています。

su mi ma sen. to ran ku no na ka ni wa re ya su i mo no ga ha i tte i ma su.

B: 好的，知道了。

はい。分かりました。

ha i. wa ka ri ma shi ta.

09 有選禁攜帶品

重要詞匯

違禁品	禁制品 （きんせいひん）	kin sei hin
酒	お酒 （さけ）	o sa ke
打火機	ライター	ra i ta-
液體	液体 （えきたい）	e ki ta i

常用短句

❶ 行李中有打火機。

トランクにライターがあります。
to ran ku ni ra i ta- ga a ri ma su.

❷ 打火機是違禁品嗎？

ライターは禁制品（きんせいひん）になりますか。
ra i ta- wa kin sei hin ni na ri ma su ka.

❸ 裡面有 3 瓶酒。

中（なか）にはお酒（さけ）が 3 本（さんぼんはい）入っています。
na ka ni wa o sa ke ga san bon ha i tte i ma su.

58   PART 2 ｜最常用的場景用語

❹ **行李中有液體。**
トランクに液体_{えきたい}があります。
to ran ku ni e ki ta i ga a ri ma su.

❺ **不好意思，請問白酒是違禁品嗎？**
すみませんが、お酒_{さけ}は禁制品_{きんせいひん}ですか。
su mi ma sen ga, o sa ke wa kin sei hin de su ka.

A: 不好意思，您的行李中有違禁品。
すみませんが、トランクの中_{なか}に禁制品_{きんせいひん}が入_{はい}っているようですが。
su mi ma sen ga, to ran ku no na ka ni kin sei hin ga ha i tte i ru you de su ga.

B: 是嗎？裡面有 2 個打火機。
そうですか。中_{なか}にはライターが２つあります。
sou de su ka. na ka ni wa ra i ta- ga fu ta tsu a ri ma su.

A: 打火機不能放在行李中。
ライターはトランクの中_{なか}に入_いれてはいけません。
ra i ta- wa to ran ku no na ka ni i re te wa i ke ma sen.

B: 不好意思，我拿出來。
すみません。それを取_とり出_だします。
su mi ma sen. so re o to ri da shi ma su.

10 通過安檢

重要詞匯

外套	コート	ko- to
脫	脱(ぬ)ぐ	nu gu
站	立(た)つ	ta tsu
水瓶	水筒(すいとう)	su i tou

常用短句

❶ 袋裡有筆記本電腦。

カバンにパソコンが入(はい)っています。
ka ban ni pa so kon ga ha i tte i ma su.

❷ 手機也要拿出來嗎？

携帯電話(けいたいでんわ)も取(と)り出(だ)しますか。
kei ta i den wa mo to ri da shi ma su ka.

❸ 水瓶裡有水。

水筒(すいとう)の中(なか)に水(みず)があります。
su i tou no na ka ni mi zu ga a ri ma su.

④ 這些都是我的東西。

これは全部 私 の物です。
ko re wa zen bu wa ta shi no mo no de su.

⑤ 口袋裡有個打火機。

ポケットにライターがあります。
po ke tto ni ra i ta- ga a ri ma su.

迷你會話

A: 請將外套脫掉，站到這裡來。

コートを脱いで、ここに立ってください。
ko- to o nu i de, ko ko ni ta tte ku da sa i.

B: 好的。

はい。
ha i.

A: 好的，已經可以了。

はい。もういいです。
ha i. mou i i de su.

mp3

重要詞匯

毛毯	毛布（もうふ）	mou fu
幾點	何時（なんじ）	nan ji
到達	着く（つく）	tsu ku
大致、左右	だいたい	da i ta i

常用短句

❶ 請給我一張毛毯。
毛布（もうふ）をお願（ねが）いします。
mou fu o o ne ga i shi ma su.

❷ 請給我一杯咖啡。

コーヒーをください。
ko- hi- o ku da sa i.

多少錢？

❸ 廁所在哪邊？

トイレはどっち側（がわ）にありますか。
to i re wa do cchi ga wa ni a ri ma su ka.

❹ 幾點到達東京？
何時に東 京 に着きますか。
なんじ　とう きょう　つ
nan ji ni tou kyou ni tsu ki ma su ka.

❺ 還有多久到達機場？
空港まであとどのぐらいですか。
くうこう
kuu kou ma de a to do no gu ra i de su ka.

迷你會話

A: 打擾一下，請給我一杯咖啡。

すみません。コーヒーをください。
su mi ma sen. ko- hi- o ku da sa i.

B: 好的，請稍等。
分かりました。少 々 お待ちください。
わ　　　　　しょう しょう　　ま
wa ka ri ma shi ta. syou syou o ma chi ku da sa i.

A: 還有多久到達機場？
空港まであとどのぐらいですか。
くうこう
kuu kou ma de a to do no gu ra i de su ka.

B: 還有 40 分鐘左右。
だいたい４０分ぐらいです。
よんじゅっ ぷん
da i ta i yon jyu ppun gu ra i de su.

12 填寫入境申請卡

mp3

重要詞匯

外國人入境紀錄卡	外国人 入国記録 カード <ruby>外国人入国記録<rt>がいこくじんにゅうこくきろく</rt></ruby>	ga i ko ku jin nyuu ko ku ki ro ku ka- do
英語	英語 <ruby>英語<rt>えいご</rt></ruby>	ei go
填寫	書く <ruby>書<rt>か</rt></ruby>く	ka ku
意思	意味 <ruby>意味<rt>いみ</rt></ruby>	i mi

常用短句

❶ **有外國人入境紀錄卡嗎？**
外国人 入国記録カードがありますか。
ga i ko ku jin nyuu ko ku ki ro ku ka- do ga a ri ma su ka.

❷ **請給我 2 張。**
2枚お願いします。
ni ma i o ne ga i shi ma su.

❸ **用英語填寫可以嗎？**
英語で書いてもいいですか。
ei go de ka i te mo i i de su ka.

❹ 這個用日語怎麼寫？

これは日本語でどう書きますか。

<small>ko re wa ni hon go de dou ka ki ma su ka.</small>

❺ 這個是什麼意思？

これはどういう意味ですか。

<small>ko re wa dou i u i mi de su ka.</small>

迷你會話

A: 請問這個怎樣填？

すみませんが、これはどう書きますか。

<small>su mi ma sen ga, ko re wa dou ka ki ma su ka.</small>

B: 請用日語或者英語填寫您的姓名和個人資料。

日本語あるいは英語で名前や個人情報を書いてください。

<small>ni hon go a ru i wa ei go de na ma e ya ko jin jyou hou o ka i te ku da sa i.</small>

A: 好的，謝謝。

はい。ありがとうございます。

<small>ha i. a ri ga tou go za i ma su.</small>

13 轉機

mp3 ↑

重要詞匯

國內航線轉機	国内線乗り継ぎ	ko ku na i sen no ri tsu gi
國際航線轉機	国際線乗り継ぎ	･ko ku sa i sen no ri tsu gi
近	近い	chi ka i
航站樓	ターミナル	ta- mi na ru

常用短句

❶ 接下來我要轉國內航線，應該怎麼走？

これから、国内線乗り継ぎですが、どうやって行けばいいですか。

ko re ka ra, ko ku na i sen no ri tsu gi de su ga, dou ya tte i ke ba i i de su ka.

❷ 我要轉國際航線，從哪裡走比較近？

国際線乗り継ぎですが、どうやって行けば近いですか。

ko ku sa i sen no ri tsu gi de su ga, dou ya tte i ke ba chi ka i de su ka.

❸ 請問轉機去大阪的是幾號航站樓？

大阪行きの乗り継ぎは何番のターミナルですか。

oo sa ka yu ki no no ri tsu gi wa nan ban no ta- mi na ru de su ka.

❹ 行李怎麼辦呢？

荷物はどうすればいいですか。
ni mo tsu wa dou su re ba i i de su ka.

❺ 我沒趕上轉機航班，該怎麼辦？

乗り継ぎの飛行機に間に合わなかったのですが、どうすれば
いいですか。
no ri tsu gi no hi kou ki ni ma ni a wa na ka tta no de su ga, dou su re ba i i
de su ka.

迷你會話

A: 飛往名古屋的轉機口怎麼走？

名古屋行きの乗り継ぎはどうやって行けばいいですか。
na go ya yu ki no no ri tsu gi wa dou ya tte i ke ba i i de su ka.

B: 從這裡直走到盡頭，向左轉就是了。

ここからまっすぐ行って、突き当りを 左 に曲がってすぐです。
ko ko ka ra ma ssu gu i tte, tsu ki a ta ri o hi da ri ni ma ga tte su gu de su.

A: 很遠嗎？

遠いですか。
to o i de su ka.

B: 走五六分鐘就到了。

歩いて五六分ぐらいです。
a ru i te go ro ppun gu ra i de su.

14 提取托運行李

重要詞彙

紫色	紫 （むらさき）	mu ra sa ki
行李提取處	荷物受取所 （に もつうけとりじょ）	ni mo tsu u ke to ri jyo
行李	スーツケース	su- tsu ke- su
找	探す （さが）	sa ga su

常用短句

❶ 請問在哪裡取行李？

すみませんが、どこで荷物（に もつ）を受（う）け取（と）りますか。
su mi ma sen ga, do ko de ni mo tsu o u ke to ri ma su ka.

❷ 請問行李提取處在哪裡？

すみませんが、荷物受取所（に もつうけとりじょ）はどこですか。
su mi ma sen ga, ni mo tsu u ke to ri jyo wa do ko de su ka.

❸ 請問行李提取處怎麼走？

すみませんが、荷物受取所（に もつうけとりじょ）はどうやって行（い）けばいいですか。
su mi ma sen ga, ni mo tsu u ke to ri jyo wa dou ya tte i ke ba i i de su ka.

❹ **我正在找我的行李。**
今、荷物を探しています。
i ma, ni mo tsu o sa ga shi te i ma su.

❺ **那個紫色的大行李是我的。**
あの大きい 紫 のスーツケースは 私 のです。
a no oo kii mu ra sa ki no su- tsu ke-su wa wa ta shi no de su.

迷你會話

A: **你好，請問在哪裡取行李？**
こんにちは。どこで荷物を受け取りますか。
kon ni chi wa. do ko de ni mo tsu o u ke to ri ma su ka.

B: **你好，就在那邊的行李提取處。**
こんにちは。あそこの荷物受取所です。
kon ni chi wa. a so ko no ni mo tsu u ke to ri jyo de su.

mp3

重要詞匯

丟失	無<ruby>な</ruby>くなる	na ku na ru
發現、找到	見<ruby>み</ruby>つかる	mi tsu ka ru
幫忙	手伝<ruby>てつだ</ruby>う	te tsu da u
工作人員	かかり員<ruby>いん</ruby>	ka ka ri in

常用短句

❶ **我的行李不見了。**
私<ruby>わたし</ruby>の荷物<ruby>にもつ</ruby>が無<ruby>な</ruby>くなりました。
wa ta shi no ni mo tsu ga na ku na ri ma shi ta.

❷ **我仔細找過了。**
真面目<ruby>まじめ</ruby>に探<ruby>さが</ruby>しました。
ma ji me ni sa ga shi ma shi ta.

❸ **一個黑色的行李。**
黒<ruby>くろ</ruby>いスーツケースです。
ku ro i su- tsu ke- su de su.

④ 上面掛著一個名牌。

上に名札が付けてあります。
うえ　なふだ　つ

u e ni na fu da ga tsu ke te a ri ma su.

⑤ 能幫我找一下行李嗎？

荷物探しを手伝っていただけませんか。
に もつさが　　てつだ

ni mo tsu sa ga shi o te tsu da tte i ta da ke ma sen ka.

迷你會話

A: 我的行李不見了。

私のスーツケースがなくなりました。
わたし

wa ta shi no su- tsu ke- su ga na ku na ri ma shi ta.

B: 去問一下工作人員吧。

かかり員に聞いたほうがいいです。
いん　き

ka ka ri in ni ki i ta hou ga i i de su.

A: 不好意思，我的行李找不到了。怎麼辦？

すみません、私の荷物が見つかりません。どうすればいい
わたし　にもつ　み

ですか。

su mi ma sen, wa ta shi no ni mo tsu ga mi tsu ka ri ma sen. dou su re
ba i i de su ka.

C: 請跟我來。

こちらへ、どうぞ。

ko chi ra e, dou zo.

16 入境檢查

mp3

重要詞彙

來	來る	ku ru
旅遊	旅行	ryo kou
目的	目的	mo ku te ki
工作	仕事	shi go to

常用短句

❶ 這是我的護照和機票。

これは 私 のパスポートとチケットです。
ko re wa wa ta shi no pa su po- to to chi ke tto de su.

❷ 我來自中國。

私 は 中 国から來ました。
wa ta shi wa cyuu go ku ka ra ki ma shi ta.

❸ 我來的目的是旅遊。

私 がここに來た目的は旅行です。
wa ta shi ga ko ko ni ki ta mo ku te ki wa ryo kou de su.

❹ **因為工作關係而來的。**
仕事のために來ました。
shi go to no ta me ni ki ma shi ta.

❺ **暫時住在朋友家。**
しばらくは友達の家に泊まります。
shi ba ra ku wa to mo da chi no i e ni to ma ri ma su.

迷你會話

A: **為什麼要來日本？**
何のために日本に來ましたか。
nan no ta me ni ni hon ni ki ma shi ta ka.

B: **我來這邊工作。**
仕事のためにここに來ました。
shi go to no ta me ni ko ko ni ki ma shi ta.

A: **住在哪裡？**
どこに泊まりますか。
do ko ni to ma ri ma su ka.

B: **會住在朋友家兩三天。**
2、3日友達の家に泊まります。
ni, san ni chi to mo da chi no i e ni to ma ri ma su.

mp3

重要詞匯

海關	税関 ぜいかん	zei kan
納稅	課税 か ぜい	ka zei
申報單	申告書 しんこくしょ	shin ko ku syo
只、僅	だけ	da ke

常用短句

❶ 這是我的海關申報單。

これは 私 の税関申告書です。
わたし　　　ぜいかんしんこくしょ

ko re wa wa ta shi no zei kan shin ko ku syo de su.

❷ 這個相機要納稅嗎？

このカメラは課税になりますか。
か ぜい

ko no ka me ra wa ka zei ni na ri ma su ka.

❸ 我想沒有超過免稅的範圍。

免税の範囲は超えてないと思います。
めんぜい　はん い　こ　　　　　おも

men zei no han i wa ko e te i na i to o mo i ma su.

❹ **我只有這些行李。**
私の荷物はこれだけです。
wa ta shi no ni mo tsu wa ko re da ke de su.

❺ **這些東西我要申報。**
これを申告したいと思います。
ko re o shin ko ku shi ta i to o mo i ma su.

迷你會話

A: **您有需要申報的東西嗎？**
何か申告するものはありますか。
na ni ka shin ko ku su ru mo no wa a ri ma su ka.

B: **沒有。我只有這些行李。**
いいえ。私の荷物はこれだけです。
i i e. wa ta shi no ni mo tsu wa ko re da ke de su.

A: **好的，請您通關。**
分かりました。どうぞ。
wa ka ri ma shi ta. dou zo.

mp3

重要詞匯

匯率	為替レート （かわせ）	ka wa se re- to
日元升值	円高 （えんだか）	en da ka
日元貶值	円安 （えんやす）	en ya su
兌換	両替する （りょうがえ）	ryou ga e su ru

常用短句

❶ 現在人民幣和日元的匯率是多少？
今、人民元と日本円の為替レートはいくらですか。
i ma, jin min gen to ni hon en no ka wa se re- to wa i ku ra de su ka.

❷ 現在是日元升值時期。
現在は円高です。
gen za i wa en da ka de su.

❸ 現在是日元貶值期。
現在は円安です。
gen za i wa en ya su de su.

❹ 一百元能換多少日元？

百元ドルは日本円でいくらになりますか。

hya ku gen wa ni hon en de i ku ra ni na ri ma su ka.

❺ 最近匯率的變化大嗎？

最近為替レートの変化は大きいですか。

sa i kin ka wa se re- to no hen ka wa oo kii de su ka.

迷你會話

A: 你好，現在的匯率是多少？

こんにちは。今の為替レートはいくらですか。

kon ni chi wa. i ma no ka wa se re- to wa i ku ra de su ka.

B: 哪國的匯率？

どの国の為替レートですか。

do no ku ni no ka wa se re- to de su ka.

A: 啊，不好意思。是人民幣和日元的匯率。

あっ、すみません。人民元と日本円の為替レートです。

a, su mi ma sen. jin min gen to ni hon en no ka wa se re- to de su.

B: 現在是 18.6 日元。

現在は１８．６円です。

gen zai wa jyuu ha tten ro ku en de su.

⑲ 換日元

mp3 ↑

重要詞匯

紙	用紙（ようし）	you shi
名字	名前（なまえ）	na ma e
金額	金額（きんがく）	kin ga ku
換	換える（かえる）	ka e ru

常用短句

❶ 我想換錢。

両替（りょうがえ）したいんです。

ryou ga e shi ta in de su.

❷ 我想用人民幣換日元。

人民元（じんみんげん）を日本円（にほんえん）に換（か）えたいと思（おも）います。

jin min gen o ni hon en ni ka e ta i to o mo i ma su.

❸ 換 10 萬日元要多少人民幣？

10万円（じゅうまんえん）に換（か）えると、人民元（じんみんげん）はいくらになりますか。

jyuu man en ni ka e ru to, jin min gen wa i ku ra ni na ri ma su ka.

❹ 今天的匯率是多少？
今日のレートはいくらですか。
kyou no re- to wa i ku ra de su ka.

❺ 請給我換 8 000 元人民幣。
8,000 元をお願いします。
ha ssen gen o o ne ga i shi ma su.

迷你會話

A: 不好意思，我想換錢。
すみません。両替をお願いします。
su mi ma sen. ryou ga e o o ne ga i shi ma su.

B: 請在這張紙上寫上您的名字和兌換金額。
この用紙に名前と金額をお書きください。
ko no you shi ni na ma e to kin ga ku o o ka ki ku da sa i.

A: 這樣可以嗎？
これで大丈夫ですか。
ko re de da i jyou bu de su ka.

B: 好的，請稍等。
はい。少々お待ちください。
ha i. syou syou o ma chi ku da sa i.

▶ 乘坐交通工具　01 詢問乘車點在哪裡

mp3

重要詞匯

巴士站	バス停	ba su tei
的士站	タクシー乗り場	ta ku shi- no ri ba
地鐵站	地下鉄駅	chi ka te tsu e ki
哪裡	どこ	do ko

常用短句

❶ 請問巴士站在哪裡？

すみません。バス停はどこですか。
su mi ma sen. ba su tei wa do ko de su ka.

❷ 請問的士站在哪裡？

すみません。タクシー乗り場はどこですか。
su mi ma sen. ta ku shi- no ri ba wa do ko de su ka.

❸ 請問地鐵站在哪裡？

すみません。地下鉄駅はどこですか。
su mi ma sen. chi ka te tsu e ki wa do ko de su ka.

❹ **請問附近有巴士站嗎？**

すみません。近くにバス停がありますか。

su mi ma sen. chi ka ku ni ba su tei ga a ri ma su ka.

❺ **最近的地鐵站在哪裡？**

一番近い地下鉄駅はどこですか。

i chi ban chi ka i chi ka te tsu e ki wa do ko de su ka.

迷你會話

A: **你好，這附近有巴士站嗎？**

こんにちは。近くにバス停がありますか。

kon ni chi wa. chi ka ku ni ba su tei ga a ri ma su ka.

B: **有，就在醫院的前面。**

はい。病院の前にあります。

ha i. byou in no ma e ni a ri ma su.

A: **知道了。謝謝。**

分かりました。ありがとうございます。

wa ka ri ma shi ta. a ri ga tou go za i ma su.

02 詢問如何到達目的地

mp3

重要詞匯

酒店	ホテル	ho te ru
機場	空港 くうこう	kuu kou
乘（車）	乗る の	no ru
車站	駅 えき	e ki

常用短句

❶ 我想去銀座。
銀座へ行きたいんですが。
ぎんざ い
gin za e i ki ta in de su ga.

❷ 機場要怎樣去？
空港までどう行けばいいですか。
くうこう い
kuu kou ma de dou i ke ba i i de su ka.

❸ 我想去秋葉原，請問怎樣去？
秋葉原に行きたいんですが、どう行けばいいですか。
あき は ばら い い
a ki ha ba ra ni i ki ta in de su ga, dou i ke ba i i de su ka.

❹ 我想去東京大學，應該乘開往哪裡的車呢？
東京大学へ行きたいんですが、どこ行きに乗ればいいですか。
とうきょうだいがく い い の
tou kyou da i ga ku e i ki ta in de su ga, do ko yu ki ni no re ba i i de su ka.

❺ 能帶我去附近的車站嗎？

近くの駅まで連れていってくれませんか。

chi ka ku no e ki ma de tsu re te i tte ku re ma sen ka.

迷你會話

A: 你好。我想去地鐵站，請問怎樣去？

こんにちは。地下鉄駅へ行きたいんですが、どう行けばい

いですか。

kon ni chi wa. chi ka te tsu e ki e i ki ta in de su ga, dou i ke ba i i de
su ka.

B: 沿這條路直走，第二個十字路口向左轉就能看到了。

この道をまっすぐ行って、二つ目の交差点を 左 に曲がる

とすぐ見えます。

ko no mi chi o ma ssu gu i tte, fu ta tsu me no kou sa ten o hi da ri ni ma
ga ru to su gu mi e ma su.

A: 是第二個十字路口嗎？

二つ目の交差点ですか。

fu ta tsu me no kou sa ten de su ka.

B: 是的。

はい。そうです。

ha i. sou de su.

mp3

重要詞匯

經過	通る とお	to o ru
日中友好會館	日中友好会館 にっちゅうゆうこうかいかん	ni ccyuu yuukou ka i kan
層、樓	階 かい	ka i
地下	地下 ちか	chi ka

常用短句

❶ 這裡有南北線嗎？
南北線はここを通りますか。
なんぼくせん　　　　　　　　とお
nan bo ku sen wa ko ko o to o ri ma su ka.

❷ 銀座線經過日中友好會館嗎？
銀座線は日中友好会館を通りますか。
ぎんざせん　にっちゅうゆうこうかいかん　とお
gin za sen wa ni ccyuu yuu kou ka i kan o to o ri ma su ka.

❸ 去池袋乘坐什麼線？
池袋へは何線に乗りますか。
いけぶくろ　　　なにせん　の
i ke bu ku ro e wa na ni sen ni no ri ma su ka.

❹ 京王線在幾樓乘坐？
京王線は何階で乗りますか。
kei ou sen wa nan ka i de no ri ma su ka.

❺ 在哪裡可以坐三田線？
どこで三田線に乗ることができますか。
do ko de mi ta sen ni no ru ko to ga de ki ma su ka.

迷你會話

A: 不好意思，請問大江戶線經過這裡嗎？
すみませんが、ここは大江戸線が通っていますか。
su mi ma sen ga, ko ko wa oo e do sen ga to o tte i ma su ka.

B: 有，在地下三層。
はい。地下三階です。
ha i. chi ka san ka i de su.

A: 從這裡可以下去嗎？
ここから降りることができますか。
ko ko ka ra o ri ru ko to ga de ki ma su ka.

B: 是的。這裡是地下一層。
はい。ここは地下一階です。
ha i. ko ko wa chi ka i kkai de su.

重要詞匯

轉車	乗り換える	no ri ka e ru
直達	直行	cyo kkou
次	回	ka i
開往	行き	yu ki

常用短句

❶ 這是直達巴士嗎?

これは 直行バスですか。
ko re wa cyo kkou ba su de su ka.

❷ 請問在哪裡轉車?

すみませんが、どこで乗り換えますか。
su mi ma sen ga, do ko de no ri ka e ma su ka.

❸ 請問要轉乘什麼線?

すみませんが、何線に乗り換えますか。
su mi ma sen ga, na ni sen ni no ri ka e ma su ka.

❹ **請問要轉幾次車？**

すみませんが、乗り換えは何回ですか。
su mi ma sen ga, no ri ka e wa nan ka i de su ka.

❺ **去東京鐵塔要轉乘什麼線？**

東京タワーへは何線に乗り換えますか。
tou kyou ta wa- e wa na ni sen ni no ri ka e ma su ka.

迷你會話

A: **你好，請問去橫濱要轉乘什麼線？**

こんにちは。横浜へは何線に乗り換えますか。
kon ni chi wa. yo ko ha ma e wa na ni sen ni no ri ka e ma su ka.

B: **請轉乘開往橫濱方向的橫濱線。**

横浜行きの横浜線に乗り換えてください。
yo ko ha ma yu ki no yo ko ha ma sen ni no ri ka e te ku da sa i.

A: **知道了。謝謝。**

分かりました。どうもありがとう。
wa ka ri ma shi ta. dou mo a ri ga tou.

mp3 ↑

重要詞匯

早稻田大學	早稲田大学 わ せ だ だいがく	wa se da da i ga ku
上野公園	上野公園 うえ の こうえん	u e no kou en
博物館	博物館 はくぶつかん	ha ku bu tsu kan
方便	便利 べん り	ben ri

常用短句

❶ 請問到涉谷應該乘開往哪裡的車？

すみませんが、渋谷までどこ行きのバスに乗ればいいですか。

su mi ma sen ga. shi bu ya ma de do ko yu ki no ba su ni no re ba i i de su ka.

❷ 請問這輛巴士去早稻田大學嗎？

すみませんが、このバスは早稲田大学へ行きますか。

su mi ma sen ga. ko no ba su wa wa se da da i ga ku e i ki ma su ka.

❸ 這輛巴士經過上野公園一帶嗎？

このバスは上野公園の近くを通りますか。

ko no ba su wa u e no kou en no chi ka ku o to o ri ma su ka.

❹ 這輛巴士去博物館嗎？

このバスは博物館へ行きますか。

ko no ba su wa ha ku bu tsu kan e i ki ma su ka.

❺ 去博物館乘幾號巴士最方便？

博物館までどこ行きのバスに乗れば便利ですか。

ha ku bu tsu kan ma de do ko yu ki no ba su ni no re ba ben ri de su ka.

迷你會話

A: 請問這輛巴士去明治神宮嗎？

すみませんが、このバスは明治神宮へ行きますか。

su mi ma sen ga, ko no ba su wa mei ji jin guu e i ki ma su ka.

B: 不，這輛巴士不到。開往青山方向的巴士會經過（明治神宮）。

いいえ、このバスは行きません。青山行きは行きます。

ii e, ko no ba su wa i ki ma sen. a o ya ma yu ki wa i ki ma su.

A: 開往青山方向的巴士在哪裡乘坐？

青山行きはどこで乗りますか。

a o ya ma yu ki wa do ko de no ri ma su ka.

B: 就在對面。

すぐ向こうです。

su gu mu kou de su.

重要詞匯

走	歩く （ある）	a ru ku
醫院	病院 （びょう いん）	byou in
花（時間）	かかる	ka ka ru
告訴	教える （おし）	o shi e ru

常用短句

❶ 從這裡能步行到醫院嗎？
ここから 病院 まで歩いて行けますか。
ko ko ka ra byou in ma de a ru i te i ke ma su ka.

❷ 步行過去大約要花多長時間？
歩いてどのぐらいかかりますか。
a ru i te do no gu ra i ka ka ri ma su ka.

❸ 步行過去哪條路最近？
歩くとどの道が一番近いですか。
a ru ku to do no mi chi ga i chi ban chi ka i de su ka.

❹ 我想走路到車站，應該怎麼走呢？

<ruby>駅<rt>えき</rt></ruby>まで<ruby>歩<rt>ある</rt></ruby>いていきたいんですが、どうやって<ruby>行<rt>い</rt></ruby>けばいいですか。

e ki ma de a ru i te i ki ta in de su ga, dou ya tte i ke ba i i de su ka.

❺ 步行 5 分鐘左右能到達嗎？

<ruby>歩<rt>ある</rt></ruby>いて 5 <ruby>分<rt>ふん</rt></ruby>ぐらいで<ruby>着<rt>つ</rt></ruby>きますか。

a ru i te gu fen gu ra i de tsu ki ma su ka.

迷你會話

A: 你好，從這裡能步行到國家圖書館嗎？

こんにちは。ここから<ruby>国会図書館<rt>こっかいとしょかん</rt></ruby>まで<ruby>歩<rt>ある</rt></ruby>いて<ruby>行<rt>い</rt></ruby>けますか。

kon ni chi wa. ko ko ka ra ko kka i to syo kan ma de a ru i te i ke ma su ka.

B: 可以，但是有點遠。

<ruby>行<rt>い</rt></ruby>けますが、ちょっと<ruby>遠<rt>とお</rt></ruby>いです。

i ke ma su ga, cyo tto to o i de su.

A: 步行要花多長時間？

<ruby>歩<rt>ある</rt></ruby>いてどのぐらいかかりますか。

a ru i te do no gu ra i ka ka ri ma su ka.

B: 要 15 分鐘左右。

<ruby>15<rt>じゅうご</rt></ruby><ruby>分<rt>ふん</rt></ruby>ぐらいです。

jyuu go fun gu ra i de su.

07 詢問到達目的地需要多久

重要詞匯

新幹線	新幹線 しんかんせん	shin kan sen
至少	少なくとも すく	su ku na ku to mo
目的地	目的地 もくてきち	mo ku te ki chi
港口	港 みなと	mi na to

常用短句

❶ 從這裡乘新幹線到機場要多久？

ここから空港まで新幹線でどのぐらいかかりますか。
くうこう　　　　　しんかんせん

ko ko ka ra kuu kou ma de shin kan sen de do no gu ra i ka ka ri ma su ka.

❷ 乘電車到涉谷站大約要多久？

電車で渋谷までどのぐらいかかりますか。
でんしゃ　しぶや

den sya de shi bu ya ma de do no gu ra i ka ka ri ma su ka.

❸ 到車站至少要花多久？

駅までどのぐらいかかりますか。
えき

e ki ma de do no gu ra i ka ka ri ma su ka.

❹ 乘的士一個小時能到嗎？

タクシーだと一時間で着けますか。

ta ku shi- da to i chi ji kan de tsu ke ma su ka.

❺ 到目的地要多久？

目的地までどのぐらいかかりますか。

mo ku te ki chi ma de do no gu ra i ka ka ri ma su ka.

迷你會話

A: 請問，乘的士到港口大約要多久？

すみませんが、タクシーで 港 までどのぐらいかかりますか。

su mi ma sen ga, ta ku shi- de mi na to ma de do no gu ra i ka ka ri ma su ka.

B: 大約需要一個半小時。

大体一時間半ぐらいです。

da i ta i i chi ji kan han gu ra i de su.

A: 謝謝。

ありがとうございます。

a ri ga tou go za i ma su.

08 詢問大概的費用

mp3 ↑

重要詞匯

多少錢	いくら	i ku ra
東京站	東京駅 とうきょうえき	tou kyou e ki
車費	車代 くるま だい	ku ru ma da i
小時	時間 じ かん	ji kan

常用短句

❶ 到機場要多少錢？

空港までいくらぐらいかかりますか。
くうこう

kuu kou ma de i ku ra gu ra i ka ka ri ma su ka.

❷ 從這裡到東京站要多少錢？

ここから東京駅までいくらぐらいかかりますか。
とうきょうえき

ko ko ka ra tou kyou e ki ma de i ku ra gu ra i ka ka ri ma su ka.

❸ 乘的士從這裡到雷門要多少錢？

タクシーでここから雷門までいくらぐらいかかりますか。
かみなり もん

ta ku shi- de ko ko ka ra ka mi na ri mon ma de i ku ra gu ra i ka ka ri ma su ka.

❹ **從這裡到機場是 500 日元嗎？**

ここから空港まで500円ですか。

ko ko ka ra kuu kou ma de go hya ku en de su ka.

❺ **車費是多少錢？**

車代はいくらですか。

ku ru ma da i wa i ku ra de su ka.

迷你會話

A: **你好，我想去銀座，要花多少錢？**

こんにちは。銀座へ行きたいんですが、いくらぐらいかかりますか。

kon ni chi wa. gin za e i ki ta in de su ga, i ku ra gu ra i ka ka ri ma su ka.

B: **大約 1 200 日元。**

大体 1,200 円です。

da i ta i sen ni hya ku en de su.

A: **要花多長時間？**

時間はどのぐらいかかりますか。

ji kan wa do no gu ra i ka ka ri ma su ka.

B: **一個小時左右。**

一時間ぐらいかかります。

i chi ji kan gu ra i ka ka ri ma su.

重要詞匯

定期票	定期券（ていきけん）	tei ki ken
學生折扣	学割（がくわり）	ga ku wa ri
售	売る（う）	u ru
等	待つ（ま）	ma tsu

常用短句

❶ 請問售票處在哪裡？

すみませんが、切符売り場はどこですか。
su mi ma sen ga, ki ppu u ri ba wa do ko de su ka.

❷ 請給我一張去大阪的票。

大阪（おおさか）までの切符（きっぷ）をお願（ねが）いします。
o o sa ka ma de no ki ppu o o ne ga i shi ma su.

❸ 這裡有定期票賣嗎？

ここは定期券（ていきけん）を売（う）っていますか。
ko ko wa tei ki ken o u tte i ma su ka.

❹ **學生有折扣嗎？**

学生は学割がありますか。
がくせい　がくわり

ga ku sei wa ga ku wa ri ga a ri ma su ka.

❺ **我想買一張去京都大學的票。**

京都大学までの切符を買いたいんですが。
きょう と だいがく　　　　　きっ ぷ　か

kyou to da i ga ku ma de no ki ppu o ka i ta in de su ga.

迷你會話

A: **你好，請給我一張去淺草的票。**

こんにちは。浅草までの切符をお願いします。
あさくさ　　　きっ ぷ　　　ねが

kon ni chi wa. a sa ku sa ma de no ki ppu o o ne ga i shi ma su.

B: **請稍等，承惠 350 日元。**

少々お待ちください。３５０円です。
しょう しょう　ま　　　　　　　　さんびゃくごじゅう えん

syou syou o ma chi ku da sa i. san bya ku go jyuu en de su.

A: **謝謝。**

どうもありがとう。

dou mo a ri ga tou.

10 坐機場巴士

mp3

重要詞匯

機場巴士	空港バス （くうこう）	kuu kou ba su
車站	乗り場 （の　ば）	no ri ba
費用	料金 （りょう　きん）	ryou kin
多少	どれぐらい	do re gu ra i

常用短句

❶ 機場巴士的車站在哪裡？
空港バス乗り場はどこですか。
kuu kou ba su no ri ba wa do ko de su ka.

❷ 機場巴士在哪裡乘坐？
空港バスはどこで乗りますか。
kuu kou ba su wa do ko de no ri ma su ka.

❸ 在哪裡能乘搭機場巴士？
空港バスはどこで乗れますか。
kuu kou ba su wa do ko de no re ma su ka.

❹ **這附近有機場巴士嗎？**
<ruby>近<rt>ちか</rt></ruby>くに<ruby>空港<rt>くうこう</rt></ruby>バスがありますか。
chi ka ku ni kuu kou ba su ga a ri ma su ka.

❺ **我想乘機場巴士，應該在哪裡坐？**
<ruby>空港<rt>くうこう</rt></ruby>バスに<ruby>乗<rt>の</rt></ruby>りたいんですが、どこで<ruby>乗<rt>の</rt></ruby>ればいいですか。
kuu kou ba su ni no ri ta in de su ga, do ko de no re ba i i de su ka.

迷你會話

A: **請問這附近有開往機場的巴士嗎？**
すみませんが、<ruby>近<rt>ちか</rt></ruby>くに<ruby>空港<rt>くうこう</rt></ruby><ruby>行<rt>ゆ</rt></ruby>きのバスがありますか。
su mi ma sen ga, chi ka ku ni kuu kou yu ki no ba su ga a ri ma su ka.

B: **有，車站就在前面。**
はい、バス<ruby>停<rt>てい</rt></ruby>は<ruby>前<rt>まえ</rt></ruby>にあります。
ha i, ba su tei wa ma e ni a ri ma su.

A: **車費是多少？**
<ruby>料金<rt>りょうきん</rt></ruby>はどのぐらいですか。
ryou kin wa do no gu ra i de su ka.

B: **大約 700 日元。**
だいたい７００<ruby>円<rt>えん</rt></ruby>です。
<ruby>700<rt>ななひゃく</rt></ruby>
da i ta i na na hya ku en de su.

重要詞彙

丟失	無くす	na ku su
餐車	ダイニングカー	da i nin gu ka-
窗邊	窓側	ma do ga wa
月台	ホーム	ho- mu

常用短句

❶ **請給我一張到名古屋的新幹線車票。**
名古屋までの新幹線の切符をお願いします。
na go ya ma de no shin kan sen no ki ppu o o ne ga i shi ma su.

❷ **我的票不見了怎麼辦？**
切符を無くしましたが、どうすればいいですか。
ki ppu o na ku shi ma shi ta ga, dou su re ba i i de su ka.

❸ **請問這條線在哪裡乘坐？**
すみませんが、この線はどこで乗ればいいですか。
su mi ma sen ga, ko no sen wa do ko de no re ba i i de su ka.

④ **請問餐車在幾號車廂？**

すみませんが、ダイニングカーは何号車ですか。
<small>なんごうしゃ</small>

su mi ma sen ga, da i nin gu ka- wa nan gou sya de su ka.

⑤ **我想坐在窗邊，能換一下座位嗎？**

窓側に座りたいんですが、席を変わってもいいですか。
<small>まどがわ　すわ　　　　　　　　せき　か</small>

ma do ga wa ni su wa ri ta in de su ga, se ki o ka wa tte mo i i de su ka.

迷你會話

A: **你好，請問這條線在哪裡乘坐？**

こんにちは。この線はどこで乗りますか。
<small>せん　　　　　の</small>

kon ni chi wa, ko no sen wa do ko de no ri ma su ka.

B: **這條線在二號月台乘坐。**

この線は２番ホームです。
<small>せん　　に　ばん</small>

ko no sen wa ni ban ho- mu de su.

A: **要怎樣去呢？**

どう行けばいいですか。
<small>い</small>

dou i ke ba i i de su ka.

B: **沿這條路直走就到了。**

この道をまっすぐ行くとすぐです。
<small>みち　　　　　　　い</small>

ko no mi chi o ma ssu gu i ku to su gu de su.

12 坐長途巴士

重要詞匯

開車	発車する	ha ssya su ru
香煙	タバコ	ta ba ko
吸	吸う	su u
長途巴士	長距離バス	cyou kyo ri ba su

常用短句

❶ **什麼時候開車？**
いつ発車しますか。
i tsu ha ssya shi ma su ka.

❷ **車上可以吸煙嗎？**
車の中でタバコを吸ってもいいですか。
ku ru ma no na ka de ta ba ko o su tte mo i i de su ka.

❸ **我可以帶多少件行李？**
荷物はどれぐらい持つことができますか。
ni mo tsu wa do re gu ra i mo tsu ko to ga de ki ma su ka.

❹ 什麼時候會到達目的地？
いつ目的地に着きますか。
i tsu mo ku te ki chi ni tsu ki ma su ka.

❺ 這輛車經過東京灣嗎？
この 長 距 離バスは東 京 湾を経由しますか。
ko no cyou kyo ri ba su wa tou kyou wan o kei yu shi ma su ka.

迷你會話

A: 請問什麼時候開車？
すみませんが、いつ発車しますか。
su mi ma sen ga, i tsu ha ssya shi ma su ka.

B: 還有 5 分鐘。
あと 5 分です。
a to go fun de su.

A: 到目的地要多長時間？
目的地までどのぐらいかかりますか。
mo ku te ki chi ma de do no gu ra i ka ka ri ma su ka.

B: 大約 3 個小時。
だいたい 3 時間ぐらいです。
da i ta i san ji kan gu ra i de su.

13 坐地鐵

重要詞匯

下一站	次の駅 （つぎ えき）	tsu gi no e ki
出口	出口 （でぐち）	de gu chi
洗手間	トイレ	to i re
下（車）	降りる （お）	o ri ru

常用短句

❶ 請問去東京大學應該坐幾號線？
すみませんが、東京大学へは何線に乗ればいいですか。
su mi ma sen ga, tou kyou da i ga ku e wa na ni sen ni no re ba i i de su ka.

❷ 請問下一站是哪裡？
すみませんが、次の駅はどこですか。
su mi ma sen ga, tsu gi no e ki wa do ko de su ka.

❸ 請問 3 號出口在哪裡？
すみませんが、3番出口はどこですか。
su mi ma sen ga, san ban de gu chi wa do ko de su ka.

❹ **請問下一站是東京站嗎？**

すみませんが、次の駅は東京駅ですか。

su mi ma sen ga, tsu gi no e ki wa tou kyou e ki de su ka.

❺ **請問站內有洗手間嗎？**

すみませんが、駅の中にトイレがありますか。

su mi ma sen ga, e ki no na ka ni to i re ga a ri ma su ka.

迷你會話

A: **你好，請問下一站是哪裡？**

すみませんが、次の駅はどこですか。

su mi ma sen ga, tsu gi no e ki wa do ko de su ka.

B: **下一站是惠比壽，你在哪裡下？**

次の駅は恵比寿ですが、どこで降りますか。

tsu gi no e ki wa e bi su de su ga, do ko de o ri ma su ka.

A: **我就在惠比壽站下。謝謝。**

恵比寿駅で降ります。ありがとうございます。

e bi su e ki de o ri ma su. a ri ga tou go za i ma su.

⑭ 乘的士

mp3 ↑

重要詞匯

到	まで	ma de
晴空塔	スカイツリー	su ka i tsu ri-
想	たい	ta i
多少錢	いくら	i ku ra

常用短句

❶ 請問的士站在哪裡？

すみませんが、タクシー乗り場はどこですか。
su mi ma sen ga, ta ku shi- no ri ba wa do ko de su ka.

❷ 請把我送到這裡。

ここまでお願いします。
ko ko ma de o ne ga i shi ma su.

❸ 我想去晴空塔。

スカイツリーへ行きたいです。
su ka i tsu ri- e i ki ta i de su.

④ **到這裡需要多長時間？**

ここまでどれぐらいかかりますか。
ko ko ma de do re gu ra i ka ka ri ma su ka.

⑤ **請問多少錢？**

いくらですか。
i ku ra de su ka.

迷你會話

A: **您好，請問您去哪裡？**

こんにちは。どこまでいらっしゃいますか。
kon ni chi wa. do ko ma de i ra ssya i ma su ka.

B: **請送我到晴空塔。**

スカイツリーまでお<ruby>願<rt>ねが</rt></ruby>いします。
su ka i tsu ri- ma de o ne ga i shi ma su.

A: **知道了。**

かしこまりました。
ka shi ko ma ri ma shi ta.

15 租車旅行

重要詞匯

租	借かりる	ka ri ru
推薦	進すすめる	su su me ru
交通意外	交通事故こうつうじこ	kou tsuu ji ko
駕駛執照	運転免許証うんてんめんきょしょう	un ten men kyo syou

常用短句

❶ 我想租輛紅色的車。
赤あかい 車くるま を借かりたいんです。
a ka i ku ru ma wo ka ri ta in de su.

❷ 一天多少錢？
一日いちにちいくらですか。
i chi ni chi i ku ra de su ka.

❸ 有推薦的路線嗎？
おすすめコースがありますか。
o su su me ko- su ga a ri ma su ka.

❹ 要幾點之前還車？
何時までに返せばいいですか。
_{なんじ} _{かえ}
nan ji ma de ni ka e se ba i i de su ka.

❺ 發生交通意外怎麼辦？
交通事故を起こしたらどうしますか。
_{こうつうじこ} _お
kou tsuu ji ko o o ko shi ta ra dou shi ma su ka.

迷你會話

A: 你好，我想租輛紅色的車。
こんにちは。赤い 車 を借りたいんですが。
_{あか} _{くるま} _か
kon ni chi wa. a ka i ku ru ma o ka ri ta in de su ga.

B: 請給我看一下您的駕駛執照。
運転免許 証 を見せていただけませんか。
_{うんてんめんきょ しょう} _み
un ten men kyo syou o mi se te i ta da ke ma sen ka.

A: 這輛車一天多少錢？
この 車 は一日いくらですか。
_{くるま} _{いちにち}
ko no ku ru ma wa i chi ni chi i ku ra de su ka.

B: 5 000 日元。
5,000 円です。
_{ご せん えん}
go sen en de su.

16 乘遊覽船

重要詞匯

水上巴士	水上バス すいじょう	su i jyou ba su
遊覽船	遊覽船 ゆうらんせん	yuu ran sen
活動	イベント	i ben to
一起	一緒に いっしょ	i ssyo ni

常用短句

❶ 這裡有水上巴士嗎？

ここに水上バスがありますか。
すいじょう
ko ko ni su i jyou ba su ga a ri ma su ka.

❷ 一起去乘遊覽船怎麼樣？

一緒に遊覽船に乗りませんか。
いっしょ　ゆうらんせん　　の
i ssyo ni yuu ran sen ni no ri ma sen ka.

❸ 在哪裡買票呢？

どこでチケットを買いますか。
か
do ko de chi ke tto o ka i ma su ka.

❹ 船上有什麼活動嗎？

船で何かイベントがありますか。
fu ne de na ni ka i ben to ga a ri ma su ka.

❺ 我想去坐水上巴士。

水上バスに乗りたいんですが。
su i jyou ba su ni no ri ta in de su ga.

迷你會話

A: 我想坐水上巴士，一起去怎麼樣？

水上バスに乗りたいんですが、一緒に行きませんか。
su i jyou ba su ni no ri ta in de su ga, i ssyo ni i ki ma sen ka.

B: 好啊。在哪裡買票呢？

いいですよ。どこで切符を買いますか。
i i de su yo. do ko de ki ppu o ka i ma su ka.

A: 我已經買了，走吧。

切符はもう買いました。行きましょう。
ki ppu wa mou ka i ma shi ta. i ki ma syou.

B: 好的，走吧。

はい。行きましょう。
ha i. i ki ma syou.

▶在酒店

01 詢問有無房間

mp3 ↑

重要詞匯

住	泊まる	to ma ru
日式房間	和室	wa shi tsu
西式房間	洋室	you shi tsu
禁煙房間	禁煙室	kin en shi tsu

常用短句

❶ 現在有空房嗎？

空いている部屋がありますか。
a i te i ru he ya ga a ri ma su ka.

❷ 今天晚上還能入住嗎？

今夜泊まれますか。
kon ya to ma re ma su ka.

❸ 有雙人房嗎？

ツインルームがありますか。
tsu in ru- mu ga a ri ma su ka.

❹ 我想要一間日式房間。
和室をお願いします。
wa shi tsu o o ne ga i shi ma su.

❺ 預訂的房間現在能入住嗎？
予約した部屋は今泊まれますか。
yo ya ku shi ta he ya wa i ma to ma re ma su ka.

迷你會話

A: 你好，我想要一間西式房間。
こんにちは。洋室がいいんですが。
kon ni chi wa. you shi tsu ga i in de su ga.

B: 您要吸煙的房間還是禁煙的房間？
喫煙室ですか。禁煙室ですか。
ki tsu en shi tsu de su ka. kin en shi tsu de su ka.

A: 請給我禁煙的房間。
禁煙室をお願いします。
kin en shi tsu o o ne ga i shi ma su.

B: 好的，請稍等。
かしこまりました。少々お待ちください。
ka shi ko ma ri ma shi ta. syou syou o ma chi ku da sa i.

重要詞匯

房價	部屋代 （へ や だい）	he ya da i
假期	休日 （きゅう じつ）	kyuu ji tsu
附帶	付く （つ）	tsu ku
優惠	特典 （とくてん）	to ku ten

常用短句

❶ **房價是多少？**
部屋代（へ や だい）はいくらですか。
he ya da i wa i ku ra de su ka.

❷ **單人房一晚多少錢？**
シングルルームは一晩（ひとばん）いくらですか。
shin gu ru ru- mu wa hi to ban i ku ra de su ka.

❸ **假期的價格也一樣嗎？**
休日（きゅうじつ）の値段（ね だん）も同（おな）じですか。
kyuu ji tsu no ne dan mo o na ji de su ka.

❹ **有洗手間的房間多少錢？**
お手洗いの付いた部屋はいくらですか。
o te a ra i no tsu i ta he ya wa i ku ra de su ka.

❺ **成為會員有優惠嗎？**
会員になると、何か特典がありますか。
ka i in ni na ru to, na ni ka to ku ten ga a ri ma su ka.

迷你會話

A: **你好，這間房一晚多少錢？**
こんにちは。この部屋は一晩いくらですか。
kon ni chi wa. ko no he ya wa hi to ban i ku ra de su ka.

B: **房價是 4 500 日元。**
4 ,500 円です。
yon sen go hya ku en de su.

A: **成為會員有優惠嗎？**
会員になると、何か特典がありますか。
ka i in ni na ru to, na ni ka to ku ten ga a ri ma su ka.

B: **會員可以享有 8 折優惠。**
会員は二割引きの特典があります。
ka i in wa ni wa ri bi ki no to ku ten ga a ri ma su.

mp3 ↑

重要詞匯

早餐	朝ご飯 (あさ はん)	a sa go han
餐廳	食堂 (しょくどう)	syo ku dou
開始	始まる (はじ)	ha ji ma ru
早餐券	朝食券 (ちょう しょくけん)	cyou syo ku ken

常用短句

❶ 這裡提供早餐嗎？
朝ご飯がついていますか。
(あさ はん)
a sa go han ga tsu i te i ma su ka.

❷ 這裡有餐廳嗎？
ここに 食堂 がありますか。
(しょく どう)
ko ko ni syo ku dou ga a ri ma su ka.

❸ 餐廳在幾樓？
食堂は何階ですか。
(しょくどう なんかい)
syo ku dou wa nan ka i de su ka.

❹ 早餐幾點開始？
朝食は何時から始まりますか。
cyou syo ku wa nan ji ka ra ha ji ma ri ma su ka.

❺ 早餐供應到幾點？
朝食は何時までですか。
cyou syo ku wa nan ji ma de de su ka.

迷你會話

A: 請問提供早餐嗎？
すみませんが、朝ご飯は付いていますか。
su mi ma sen ga, a sa go han wa tsu i te i ma su ka.

B: 是的。這是您的早餐券。
はい。これが朝食券です。
ha i. ko re ga cyou syo ku ken de su.

A: 餐廳在幾樓？
食堂は何階ですか。
syo ku dou wa nan ka i de su ka.

B: 二樓。請您在 6 點到 9 點之間用餐。
二階です。6時から9時まで食事時間です。
ni ka i de su. ro ku ji ka ra ku ji ma de syo ku ji ji kan de su.

04 入住

mp3 ↑

重要詞匯

安靜	静か	shi zu ka
洗手間	お手洗い	o te a ra i
喝	飲む	no mu
房卡	ルームカード	ru- mu ka- do

常用短句

❶ **請給我一間安靜的房間。**
静かな部屋をお願いします。
shi zu ka na he ya o o ne ga i shi ma su.

❷ **這個地方怎樣填寫？**
ここはどう書けばいいですか。
ko ko wa dou ka ke ba i i de su ka.

❸ **用中文寫可以嗎？**
中国語で書いてもいいですか。
cyuu go ku go de ka i te mo i i de su ka.

❹ **房間裡有洗手間嗎？**

部屋にお手洗いが付いていますか。

he ya ni o te a ra i ga tsu i te i ma su ka.

❺ **自來水能直接飲用嗎？**

水道水は 直 接飲めますか。

su i dou su i wa cyo ku se tsu no me ma su ka.

迷你會話

A: **您好，請在這裡填寫您的個人資料。**

こんにちは。ここに個人 情 報を書いていただけませんか。

kon ni chi wa. ko ko ni ko jin jyou hou o ka i te i ta da ke ma sen ka.

B: **好的。請等一下。**

はい。ちょっと待ってください。

ha i. cyo tto ma tte ku da sa i.

A: **這是您的房卡，請拿好。**

これはルームカードです。どうぞ。

ko re wa ru- mu ka- do de su. dou zo.

B: **好的，謝謝。**

はい。ありがとうございます。

ha i. a ri ga tou go za i ma su.

重要詞匯

房號	ルームナンバー	ru- mu nan ba-
緊急出口	非常口(ひじょうぐち)	hi jyou gu chi
使用	利用(りよう)する	ri you su ru
電梯	エレベーター	e re be- ta-

常用短句

❶ 這是房號嗎?
これが 私(わたし) の部屋番号(へやばんごう)ですか。
ko re ga wa ta shi no he ya ban gou de su ka.

❷ 房間離緊急出口近嗎?
部屋(へや)は非常口(ひじょうぐち)から近(ちか)いですか。
he ya wa hi jyou gu chi ka ra chi ka i de su ka.

❸ 我的房間在哪裡?
私(わたし) の部屋(へや)はどこですか。
wa ta shi no he ya wa do ko de su ka.

❹ **我的房間在幾樓？**

私の部屋は何階ですか。

wa ta shi no he ya wa nan ka i de su ka.

❺ **房間是面向太陽的嗎？**

部屋は日当たりがいいですか。

he ya wa hi a ra ti ga i i de su ka.

迷你會話

A: **請問我的房間在幾樓？**

すみませんが、私の部屋は何階ですか。

su mi ma sen ga, wa ta shi no he ya wa nan ka i de su ka.

B: **在 11 樓，請使用那邊的電梯上去。**

１１階です。あちらのエレベーターをご利用ください。

jyuu i kka i de su. a chi ra no e re be- ta- o go ri you ku da sa i.

A: **好的，謝謝。**

はい。どうもありがとう。

ha i. dou mo a ri ga tou.

mp3 ↑

重要詞匯

早晨喚醒服務	モーニングコール サービス	mo- nin gu ko- ru sa- bi su
叫醒	起こす	o ko su
電話	電話	den wa
免費	無料	mu ryou

常用短句

❶ 有早晨喚醒服務嗎？

モーニングコールサービスがありますか。
mo- nin gu ko- ru sa- bi su ga a ri ma su ka.

❷ 明天早上能把我叫醒嗎？

明日の朝、起こしていただけませんか。
a shi ta no a sa, o ko shi te i ta da ke ma sen ka.

❸ 每天早上 6 點可以把我叫醒嗎？

毎朝 6 時に起こしてもらえませんか。
ma i a sa ro ku ji ni o ko shi te mo ra e ma sen ka.

❹ 明天早上能打電話叫醒我嗎？

明日の朝、電話で起こしてくれませんか。
あした　あさ　でんわ　お

a shi ta no a sa, den wa de o ko shi te ku re ma sen ka.

❺ 早晨喚醒服務是免費的嗎？

モーニングコールサービスは無料ですか。
むりょう

mo- nin gu ko- ru sa- bi su wa mu ryou de su ka.

迷你會話

A: 不好意思，明天早上 7 點能把我叫醒嗎？

すみませんが、明日の朝 7 時に起こしてもらえませんか。
あした　あさ しち じ　お

su mi ma sen ga, a shi ta no a sa shi chi ji ni o ko shi te mo ra e ma sen ka.

B: 好的，用電話可以嗎？

はい、かしこまりました。電話でよろしいですか。
でんわ

ha i, ka shi ko ma ri ma shi ta. den wa de yo ro shi i de su ka.

A: 可以。謝謝

オーケー。どうもありがとう。

o- ke-. dou mo a ri ga tou.

07 送洗衣物

重要詞匯

洗	洗<ruby>う<rt>あら</rt></ruby>	a ra u
洗衣機	洗濯機 せんたくき	sen ta ku ki
投幣洗衣	コインランドリー	ko in ran do ri-
乾洗	ドライクリーニング する	do ra i ku ri-nin gu su ru

常用短句

❶ 請問在哪裡洗衣服呢？

すみませんが、どこで服が洗えますか。
su mi ma sen ga, do ko de fu ku ga a ra e ma su ka.

❷ 洗衣機在哪裡？

洗濯機はどこですか。
sen ta ku ki wa do ko de su ka.

❸ 這是投幣洗衣嗎？

これはコインランドリーですか。
ko re wa ko in ran do ri- de su ka.

④ 洗一次衣服多少錢？

洗濯代は一回いくらですか。
せんたくだい　いっかい

sen ta ku da i wa i kka i i ku ra de su ka.

⑤ 這裡能乾洗嗎？

ここはドライクリーニングができますか。

ko ko wa do ra i ku ri- nin gu ga de ki ma su ka.

迷你會話

A: 你好，能給我乾洗一下這件衣服嗎？

こんにちは。この服をドライクリーニングしてくれませんか。
ふく

kon ni chi wa. ko no fu ku o do ra i ku ri- nin gu shi te ku re ma sen ka.

B: 好的。大約要花 2 個小時。

はい。かしこまりました。だいたい２時間ぐらいかかりま
にじかん
すが。

ha i. ka shi ko ma ri ma shi ta. da i ta i ni ji kan gu ra i ka ka ri ma su ga.

A: 好的，沒關係。多少錢？

はい、大丈夫です。いくらですか。
だいじょうぶ

ha i. da i jyou bu de su. i ku ra de su ka.

B: 正好 1 500 日元。

ちょうど1,500 円です。
せんごひゃく　えん

cyou do sen go hya ku en de su.

08 房間內接打電話

mp3 ↑

重要詞匯

服務台	フロント	fu ron to
電話號碼	電話番号	den wa ban gou
國際長途	国際電話	ko ku sa i den wa
打（電話）	かける	ka ke ru

常用短句

❶ 請問，服務台的電話號碼是多少？

すみませんが、フロントの電話番号は何番ですか。

su mi ma sen ga, fu ron to no den wa ban gou wa nan ban de su ka.

❷ 房間的電話可以使用嗎？

部屋の電話は使えますか。

he ya no den wa wa tsu ka e ma su ka.

❸ 可以打國際長途電話嗎？

国際電話を掛けることができますか。

ko ku sa i den wa o ka ke ru ko to ga de ki ma su ka.

❹ 電話費怎麼算？

電話代はどう計算しますか。
でん わ だい　　　　　けい さん

den wa da i wa dou kei san shi ma su ka.

❺ 房間的電話號碼是多少？

部屋の電話番号は何番ですか。
へ や　　でん わ ばん ごう　　なん ばん

he ya no den wa ban gou wa nan ban de su ka.

迷你會話

A: 你好，我想查詢 808 室的電話號碼。

こんにちは。８０８ 室の電話番号を知りたいんですが。
はち ぜろ はち しつ　　でん わ ばん ごう　し

kon ni chi wa. ha chi ze ro ha chi shi tsu no den wa ban gou o shi ri ta in
de su ga.

B: 您好。電話號碼就是房間號。

こんにちは。電話番号はルームナンバーと同じです。
でん わ ばん ごう　　　　　　　　　　　おな

kon ni chi wa. den wa ban gou wa ru- mu nan ba- to o na ji de su.

A: 知道了。謝謝。

分かりました。ありがとうございます。
わ

wa ka ri ma shi ta. a ri ga tou go za i ma su.

09 是否需要打掃

mp3

重要詞彙

打掃	<ruby>掃除<rt>そうじ</rt></ruby>する	sou ji su ru
床單	シーツ	shi- tsu
浴室	バスルーム	ba su ru- mu
垃圾袋	ゴミ<ruby>袋<rt>ぶくろ</rt></ruby>	go mi bu ku ro

常用短句

❶ **請給我打掃一下房間。**
<ruby>部屋<rt>へや</rt></ruby>の<ruby>掃除<rt>そうじ</rt></ruby>を<ruby>お願<rt>ねが</rt></ruby>いします。
he ya no sou ji o o ne ga i shi ma su.

❷ **今天房間就不用打掃了。**
<ruby>今日<rt>きょう</rt></ruby><ruby>掃除<rt>そうじ</rt></ruby>は<ruby>結構<rt>けっこう</rt></ruby>です。
kyou sou ji wa ke kkou de su.

❸ **能給我換一下床單嗎？**
シーツだけ<ruby>替<rt>か</rt></ruby>えてくれませんか。
shi- tsu da ke ka e te ku re ma sen ka.

❹　**能給我打掃一下浴室嗎？**

バスルームの掃除はお願いできますか。

ba su ru- mu no sou ji wa o ne ga i de ki ma su ka.

❺　**請幫我換個垃圾袋。**

新しいゴミ袋に替えてください。

a ta ra shi i go mi bu ku ro ni ka e te ku da sa i.

迷你會話

A:　**你好，您的房間要打掃嗎？**

こんにちは。部屋の掃除は必要ですか。

kon ni chi wa.　he ya no sou ji wa hi tsu you de su ka.

B:　**不用了，不過能不能給我換一下床單？**

必要ありませんが、シーツだけ替えてくれませんか。

hi tsu you a ri ma sen ga, shi- tsu da ke ka e te ku re ma sen ka.

A:　**可以，知道了。**

はい。かしこまりました。

ha i.　ka shi ko ma ri ma shi ta.

B:　**謝謝。**

ありがとうございます。

a ri ga tou go za i ma su.

重要詞匯

免費接載巴士	無料シャトルバス	mu ryou sya to ru ba su
班次	便	bin
上午	午前	go zen
下午	午後	go go

常用短句

❶ 有免費接載巴士嗎？

無料シャトルバスがありますか。

mu ryou sya to ru ba su ga a ri ma su ka.

❷ 酒店裡有免費接載巴士嗎？

ホテルには無料シャトルバスがありますか。

ho te ru ni wa mu ryou sya to ru ba su ga a ri ma su ka.

❸ 哪裡有免費的接載巴士？

どこに無料シャトルバスがありますか。

do ko ni mu ryou sya to ru ba su ga a ri ma su ka.

❹ 免費接載巴士一天有多少班次？

<ruby>無<rt>む</rt></ruby><ruby>料<rt>りょう</rt></ruby>シャトルバスは<ruby>一日<rt>いちにち</rt></ruby>に<ruby>何便<rt>なんびん</rt></ruby>ありますか。

mu ryou sya to ru ba su wa i chi ni chi nan bin a ri ma su ka.

❺ 最早的一班車幾點出發？

<ruby>一番早<rt>いちばんはや</rt></ruby>いのは<ruby>何時<rt>なんじ</rt></ruby>に<ruby>出発<rt>しゅっぱつ</rt></ruby>しますか。

i chi ban ha ya i no wa nan ji ni syu ppa tsu shi ma su ka.

迷你會話

A: 請問，這裡有免費接載巴士嗎？

すみませんが、ここは<ruby>無<rt>む</rt></ruby><ruby>料<rt>りょう</rt></ruby>シャトルバスがありますか。

su mi ma sen ga, ko ko wa mu ryou sya to ru ba su ga a ri ma su ka.

B: 是的，有。

はい、ございます。

ha i, go za i ma su.

A: 有幾點的？

<ruby>何時<rt>なんじ</rt></ruby>のがありますか。

nan ji no ga a ri ma su ka.

B: 只有上午 8 點和下午 3 點的。

<ruby>午前<rt>ごぜん</rt></ruby> 8 <ruby>時<rt>じ</rt></ruby>と<ruby>午後<rt>ごご</rt></ruby> 3 <ruby>時<rt>じ</rt></ruby>だけです。

go zen ha chi ji to go go go san ji da ke de su.

mp3

重要詞匯

水喉水	水道水（すいどうすい）	su i dou su i
網絡	インターネット	in ta- ne tto
連接（網絡）	つながる	tsu na ga ru
冷氣	エアコン	e a kon

常用短句

❶ 水喉不出水。
水道水（すいどうすい）が出（で）ません。
su i dou su i ga de ma sen.

❷ 電視沒有訊號。
テレビの具合（ぐあい）が悪（わる）いです。
te re bi no gu a i ga wa ru i de su.

❸ 上不到網。

インターネットにつながりません。
in ta- ne tto ni tsu na ga ri ma sen.

❹ **浴室沒有熱水。**

バスルームのお湯が出ません。

ba su ru- mu no o yu ga de ma sen.

❺ **冷氣用不到。**

エアコンが使えません。

e a kon ga tsu ka e ma sen.

迷你會話

A: **你好，浴室裡的熱水器不出熱水。**

すみませんが、バスルームのお湯が出ないんですが。

su mi ma sen ga, ba su ru- mu no o yu ga de na in de su ga.

B: **實在不好意思，馬上派人去看看。**

本当に申し訳ございません。すぐ係員を呼びます。

hon tou ni mou shi wa ke go za i ma sen. su gu ka ka ri in o-yo bi ma su.

A: **好的。我想快點洗個臉。**

分かりました。早く顔を洗いたいんですが。

wa ka ri ma shi ta. ha ya ku ka o o a ra i ta in de su ga.

B: **真的不好意思。**

誠に申し訳ございません。

ma ko to ni mou shi wa ke go za i ma sen.

12 不滿意房間內的設施

mp3

重要詞匯

床	ベッド	be ddo
髒	汚<ruby>い<rt>きたな</rt></ruby>	ki ta na i
狹窄	<ruby>狭<rt>せま</rt></ruby>い	se ma i
理解	<ruby>理解<rt>り かい</rt></ruby>する	ri ka i su ru

常用短句

❶ **床有點小。**

ベッドがちょっと<ruby>狭<rt>せま</rt></ruby>いです。

be ddo ga cyo tto se ma i de su.

❷ **浴缸有點髒。**

お<ruby>風呂<rt>ふ ろ</rt></ruby>がちょっと <ruby>汚<rt>きたな</rt></ruby>いです。

o fu ro ga cyo tto ki ta na i de su.

❸ **房間隔音效果不好。**

<ruby>部屋<rt>へ や</rt></ruby>は<ruby>防音効果<rt>ぼうおんこう か</rt></ruby>があまり<ruby>良<rt>よ</rt></ruby>くないんです。

he ya wa bou on kou ka ga a ma ri yo ku na in de su.

❹ **燈有點暗。**
<ruby>電気<rt>でんき</rt></ruby>がちょっと<ruby>暗<rt>くら</rt></ruby>いです。
den ki ga cyo tto ku ra i de su.

❺ **通風有點不暢。**
<ruby>風通<rt>かぜとお</rt></ruby>しがあまりよくありません。
ka ze doo shi ga a ma ri yo ku a ri ma sen.

迷你會話

A: **這間房子的浴室有點狹窄。**
この<ruby>部屋<rt>へや</rt></ruby>のバスルームはちょっと<ruby>狭<rt>せま</rt></ruby>いんですが。
ko no he ya no ba su ru- mu wa cyo tto se ma in de su ga.

B: **真不好意思，我們的浴室都是這麼大。**
<ruby>申<rt>もう</rt></ruby>し<ruby>訳<rt>わけ</rt></ruby>ございません。うちのバスルームは<ruby>全部<rt>ぜんぶ</rt></ruby>これぐらいですが。
mou shi wa ke go za i ma sen. u chi no ba su ru- mu wa zen bu ko re gu ra i de su ga.

A: **哎，真沒辦法。誰讓日本這麼狹小呢。**
えー、しかたがないな。<ruby>日本<rt>にほん</rt></ruby>は<ruby>狭<rt>せま</rt></ruby>いですからね。
e-, shi ka ta ga na i na. ni hon wa se ma i de su ka ra ne.

B: **謝謝您的理解。**
ご<ruby>理解<rt>りかい</rt></ruby>してくださって、ありがとうございます。
go ri ka i shi te ku da sa tte, a ri ga tou go za i ma su.

13 換房間

重要詞匯

馬上	すぐ	su gu
便宜	安<ruby>やす</ruby>い	ya su i
怎麼樣	いかがですか	i ka ga de su ka
大的	大<ruby>おお</ruby>きい	oo kii

常用短句

❶ 能給我換一下房間嗎？
部屋を替えてくれませんか。
he ya o ka e te ku re ma sen ka.

❷ 我想換一間大點的房間。
ちょっと大きい部屋に替わりたいんです。
cyo tto oo kii he ya ni ka wa ri ta in de su.

❸ 換房時要加錢嗎？
部屋を変更する場合は、またお金を払いますか。
he ya o hen kou su ru ba a i wa, ma ta o ka ne o ha ra i ma su ka.

④ 馬上就能換嗎？

すぐ替わることができますか。

su gu ka wa ru ko to ga de ki ma su ka.

⑤ 我想換一間便宜點兒的房間。

ちょっと安い部屋に替わりたいんです。

cyo tto ya su i he ya ni ka wa ri ta in de su.

迷你會話

A: 能給我換一間大點的房間嗎？

ちょっと大きい部屋に替えてくれませんか。

cyo tto oo kii he ya ni ka e te ku re ma sen ka.

B: 那您看一下這間怎麼樣。

では、この部屋はいかがでしょうか。

de wa, ko no he ya wa i ka ga de syou ka.

A: 好的，就這間吧。

はい、オーケーです。ここにしましょう。

ha i, o- ke- de su. ko ko ni shi ma syou.

14　退房

mp3 ↑

重要詞匯

退房	チェックアウトする	cye kku a u to su ru
手續	手続き	te tsu dsu ki
提前	早めに	ha ya me ni
一共	全部	zen bu

常用短句

❶ **請給我退房。**

チェックアウトをお願いします。
cye kku a u to o o ne ga i shi ma su.

❷ **可以提前退房嗎？**

早めにチェックアウトしてもいいですか。
ha ya me ni cye kku a u to shi te mo i i de su ka.

❸ **幾點前退房？**

何時までにチェックアウトしなければなりませんか。
nan ji ma de ni cye kku a u to shi na ke re ba na ri ma sen ka.

④ 可以在網上退房嗎？

インターネットでチェックアウトしてもいいですか。

in ta- ne tto de cye kku a u to shi te mo i i de su ka.

⑤ 退房手續麻煩嗎？

チェックアウト手続きは面倒ですか。

cye kku a u to te tsu dsu ki wa men dou de su ka.

迷你會話

A: 你好，我要退房。

こんにちは。チェックアウトをお願いします。

kon ni chi wa. cye kku a u to o o ne ga i shi ma su.

B: 您好，請稍等。

こんにちは。少々お待ちください。

kon ni chi wa. syou syou o ma chi ku da sa i.

A: 好的。

はい。

ha i.

15 付款

mp3

重要詞彙

積分	ポイント	po in to
讓⋯⋯看	見せる	mi se ru
清單	明細	mei sa i
得到	もらう	mo ra u

常用短句

❶ 一共多少錢？
全部でいくらですか。
zen bu de i ku ra de su ka.

❷ 請給我開發票。
領収書をお願いします。
ryou syuu syo o o ne ga i shi ma su.

❸ 可以用信用卡支付嗎？
クレジットカードで払ってもいいですか。
ku re ji tto ka- do de ha ra tte mo i i de su ka.

❹ 可以儲積分嗎？

ポイントがもらえますか。
po in to ga mo ra e ma su ka.

❺ 請給我看一下清單。

明細(めいさい)を見(み)せてくれませんか。
mei sa i o mi se te ku re ma sen ka.

迷你會話

A: 一共多少錢？

全部(ぜんぶ)でいくらですか。
zen bu de i ku ra de su ka.

B: 4 800 日元。

4,800(よんせん はっぴゃく えん)円です。
yon sen ha ppya ku en de su.

A: 可以用信用卡嗎？

クレジットカードを使(つか)ってもいいですか。
ku re ji tto ka- do o tsu ka tte mo i i de su ka.

B: 可以。

はい、いいです。
ha i. i i de su.

mp3

重要詞彙

輛	台 だい	da i
叫（車）	呼ぶ よ	yo bu
幫忙	手伝う て つだ	te tsu da u
想	思う おも	o mo u

常用短句

❶ 能幫忙預訂一輛的士嗎？

タクシーを一台予約してくれませんか。
いちだい よやく
ta ku shi- o i chi da i yo ya ku shi te ku re ma sen ka.

❷ 我想請你幫我預約兩輛的士。

タクシーを二台予約してもらえませんか。
に だい よやく
ta ku shi- o ni da i yo ya ku shi te mo ra e ma sen ka.

❸ 請幫我叫一輛的士。

タクシーを一台呼んでください。
いちだい よ
ta ku shi- o i chi da i yon de ku da sa i.

❹ 幫我叫兩輛的士可以嗎？
タクシーを<ruby>二台<rt>にだいよ</rt></ruby>呼んでくれませんか。
ta ku shi- o ni da i yon de ku re ma sen ka.

❺ 請幫我預約一輛明天早上 8 點的的士。
<ruby>明日<rt>あした</rt></ruby>の<ruby>朝<rt>あさ</rt></ruby> 8 <ruby>時<rt>はちじ</rt></ruby>のタクシーを<ruby>予約<rt>よやく</rt></ruby>してください。
a shi ta no a sa ha chi ji no ta ku shi- o yo ya ku shi te ku da sa i.

迷你會話

A: 你好，能幫我預約一輛的士嗎？
こんにちは。タクシーを<ruby>一台予約<rt>いちだいよやく</rt></ruby>してくれませんか。
kon ni chi wa. ta ku shi- o i chi da i yo ya ku shi te ku re ma sen ka.

B: 可以。您什麼時候出發呢？
はい。ご<ruby>出発<rt>しゅっぱつ</rt></ruby>はいつですか。
ha i. go syu ppa tsu wa i tsu de su ka.

A: 明天早上 9 點。
<ruby>明日<rt>あした</rt></ruby>の<ruby>朝<rt>あさ</rt></ruby> 9 <ruby>時<rt>くじ</rt></ruby>に<ruby>お願<rt>おねが</rt></ruby>いします。
a shi ta no a sa ku ji ni o ne ga i shi ma su.

B: 好的，知道了。
はい。かしこまりました。
ha i. ka shi ko ma ri ma shi ta.

▶ 用餐

01 詢問營業時間

mp3 ↑

重要詞匯

營業	営業 <ruby>えいぎょう</ruby>	ei gyou
週末	週末 <ruby>しゅうまつ</ruby>	syuu ma tsu
平日	平日 <ruby>へいじつ</ruby>	hei ji tsu
一般	普通 <ruby>ふつう</ruby>	fu tsuu

常用短句

❶ 請問幾點開始營業？

すみませんが、営業は何時からですか。
su mi ma sen ga, ei gyou wa nan ji ka ra de su ka.

❷ 餐廳營業到幾點？

食堂は何時までですか。
syo ku dou wa nan ji ma de de su ka.

❸ 週末正常營業嗎？

週末はいつものとおりに営業しますか。
syuu ma tsu wa i tsu mo no too ri ni ei gyou shi ma su ka.

❹ **週末營業時間和平日一樣嗎？**
しゅうまつ えいぎょうじかん へいじつ おな
週末の営業時間は平日と同じですか。
syuu ma tsu no ei gyou ji kan wa hei ji tsu to o na ji de su ka.

❺ **這裡是 24 小時營業嗎？**
にじゅうよ じかんえいぎょう
ここは２４時間営業ですか。
ko ko wa ni jyuu yo ji kan ei gyou de su ka.

迷你會話

A: **請問這裡晚上營業到幾點？**
よるなんじ
すみませんが、夜何時までですか。
su mi ma sen ga, yo ru nan ji ma de de su ka.

B: **晚上一般到 12 點左右。**
よる ふつうじゅうにじ
夜は普通１２時ぐらいです。
yo ru wa fu tsu jyuu ni ji gu ra i de su.

A: **知道了，謝謝。**
わ
分かりました。どうもありがとう。
wa ka ri ma shi ta. dou mo a ri ga tou.

重要詞匯

外賣	出前（で まえ）	de ma e
運送範圍	配達範囲（はいたつはん い）	ha i ta tsu han i
送	届ける（と ど）	to do ke ru
餐牌	メニュー	me nyu-

常用短句

❶ 請問有外賣服務嗎？

すみませんが、出前（で まえ）サービスがありますか。
su mi ma sen ga, de ma e sa- bi su ga a ri ma su ka.

❷ 晚上 9 點以後還可以送外賣嗎？

夜9時以降（よるくじいこう）に出前（で まえ）をとることができますか。
yo ru ku ji i kou ni de ma e o to ru ko to ga de ki ma su ka.

❸ 餐牌上寫的菜都可以送嗎？

メニューにある料理（りょうり）はすべてとることができますか。
me nyu- ni a ru ryou ri wa su be te to ru ko to ga de ki ma su ka.

❹ **週末有外賣服務嗎？**

　週末、出前サービスがありますか。
しゅうまつ　でまえ

syuu ma tsu, de ma e sa- bi su ga a ri ma su ka.

❺ **最遠可以送到哪裡呢？**

どこまで届けてもらえますか。
とど

do ko ma de to do ke te mo ra e ma su ka.

迷你會話

A: **你好，這裡可以送外賣嗎？**

こんにちは。ここは出前をとることができますか。
でまえ

kon ni chi wa. ko ko wa de ma e o to ru ko to ga de ki ma su ka.

B: **可以，您要送到哪裡？**

いいですが、どこにお届けしましょうか。
とど

i i de su ga, do ko ni o to do ke shi ma syou ka.

A: **請送到 R&B 酒店。**

R&B ホテルにお願いします。
ねが

R&B ho te ru ni o ne ga i shi ma su.

B: **知道了。**

かしこまりました。

ka shi ko ma ri ma shi ta.

03 叫外賣

mp3

重要詞匯

請求	頼む たの	ta no mu
滑蛋雞肉飯	親子丼 おや こ どん	o ya ko don
運費	配送料 はいそうりょう	ha i sou ryou
服務中心	サービスセンター	sa- bi su sen ta-

常用短句

❶ 我想要一份外賣。
　出前を頼みたいんです。
　で まえ　たの
　de ma e o ta no mi ta in de su.

❷ 請給我送一份親子丼（滑蛋雞肉飯）。
　おや こ どん　　　ひとり ぶんとど
　親子丼を一人分届けてください。
　o ya ko don o hi to ri bun to do ke te ku da sa i.

❸ 最低消費是多少？
　すく　　　　　　　　　　　　　　　ちゅうもん
　少なくともどのぐらい注文しなければなりませんか。
　su ku na ku to mo do no gu ra i cyuu mon shi na ke re ba na ri ma sen ka.

❹ 運費是多少？
配達 料 はいくらですか。
はいたつりょう
ha i ta tsu ryou wa i ku ra de su ka.

❺ 送到酒店大約需要多久？
ホテルまでどれぐらいかかりますか。
ho te ru ma de do re gu ra i ka ka ri ma su ka.

迷你會話

A: 你好，這裡是酒店服務中心。
こんにちは。ホテルのサービスセンターでございますが。
kon ni chi wa. ho te ru no sa- bi su sen ta- de go za i ma su ga.

B: 你好，我想點一份外賣。
こんにちは。出前を一人分頼みたいんです。
で まえ ひとり ぶんたの
kon ni chi wa. de ma e o hi to ri bun ta no mi ta in de su.

A: 請問您要點什麼呢？
何の 料 理をご 注 文なさいますか。
なん りょう り ちゅうもん
nan no ryou ri o go cyuu mon na sa i ma su ka.

B: 請給我送一份親子丼（滑蛋雞肉飯）。
親子丼を届けてください。
おや こ どん とど
o ya ko don o to do ke te ku da sa i.

mp3

重要詞匯

座位	席 せき	se ki
後天	明後日 あさって	a sa tte
訂金	預約金 よやくきん	yo ya ku kin
晚上	夜 よる	yo ru

常用短句

❶ **我想預訂今晚兩位。**
今夜席を二つ予約したいんですが。
kon ya se ki o fu ta tsu yo ya ku shi ta in de su ga.

❷ **現在能預訂後天的座位嗎?**
今、明後日の席が予約できますか。
i ma, a sa tte no se ki ga yo ya ku de ki ma su ka.

❸ **訂位時要交訂金嗎?**
予約する場合は預約金を払いますか。
yo ya ku su ru ba a i wa yo ya ku kin o ha ra i ma su ka.

❹ **可以提前預訂週末的座位嗎？**
早<ruby>はや<rt></rt></ruby>めに <ruby>週末<rt>しゅうまつ</rt></ruby>の <ruby>席<rt>せき</rt></ruby>を <ruby>予約<rt>よやく</rt></ruby>できますか。
ha ya me ni syuu ma tsu no se ki o yo ya ku de ki ma su ka.

❺ **請幫我預訂週四晚上四位。**
<ruby>木曜日<rt>もくようび</rt></ruby>の <ruby>夜<rt>よる</rt></ruby>、 <ruby>席<rt>せき</rt></ruby>を <ruby>四<rt>よっ</rt></ruby>つ <ruby>予約<rt>よやく</rt></ruby>してください。
mo ku you bi no yo ru, se ki o yo ttsu yo ya ku shi te ku da sa i.

迷你會話

A: **你好，我想預訂明晚兩位。**
こんにちは。 <ruby>明日<rt>あした</rt></ruby>の <ruby>夜<rt>よる</rt></ruby>、 <ruby>席<rt>せき</rt></ruby>を <ruby>二<rt>ふた</rt></ruby>つ <ruby>予約<rt>よやく</rt></ruby>したいんですが。
kon ni chi wa. a shi ta no yo ru, se ki o fu ta tsu yo ya ku shi ta in de su ga.

B: **您好，大約幾點呢？**
こんにちは。 だいたい <ruby>何時<rt>なんじ</rt></ruby>の <ruby>席<rt>せき</rt></ruby>が ご <ruby>希望<rt>きぼう</rt></ruby>ですか。
kon ni chi wa. da i ta i nan ji no se ki ga go ki bou de su ka.

A: **6 點左右就可以了。**
6 <ruby>時<rt>じ</rt></ruby>ぐらいでいいです。
ro ku ji gu ra i de i i de su.

B: **好的，知道了。**
はい。 かしこまりました。
ha i. ka shi ko ma ri ma shi ta.

詢問餐廳
05 是否已經客滿

mp3

重要詞彙

還	まだ	ma da
滿	いっぱい	i ppa i
下次	今度 こんど	kon do
空位	空席 くうせき	kuu se ki

常用短句

❶ 還有空位嗎？
空席はまだありますか。
くうせき
kuu se ki wa ma da a ri ma su ka.

❷ 今天晚上的預訂已經滿了嗎？
今夜の予定はもういっぱいですか。
こんや　よてい
kon ya no yo tei wa mou i ppa i de su ka.

❸ 今天晚上還有座位嗎？
今夜は座れますか。
こんや　すわ
kon ya wa su wa re ma su ka.

❹ 還有幾個空位？
空席はあといくつ残っていますか。
kuu se ki wa a to i ku tsu no ko tte i ma su ka.

❺ 周日晚上還有空位嗎？
日曜日の夜は空席がありますか。
ni chi you bi no yo ru wa kuu se ki ga a ri ma su ka.

迷你會話

A: 請問今天晚上還有空位嗎？
すみませんが、今夜空席はまだありますか。
su mi ma sen ga, kon ya kuu se ki wa ma da a ri ma su ka.

B: 不好意思，今天晚上已經滿座了。
すみませんが、今夜はもういっぱいになっておりますが。
su mi ma sen ga, kon ya wa mou i ppa i ni na tte o ri ma su ga.

A: 是嗎？那只能下次再來了。
そうですか。今度にしましょう。
sou de su ka. kon do ni shi ma syou.

06 到達餐廳

重要詞匯

之後，一會兒後	後(あと)で	a to de
包廂	個室(こしつ)	ko shi tsu
歡迎光臨	いらっしゃいませ	i ra ssya i ma se
這邊	こちら	ko chi ra

常用短句

❶ 這裡是箱根酒店嗎？
ここは箱根(はこね)ホテルですか。
ko ko wa ha ko ne ho te ru de su ka.

❷ 我們總共 5 個人。
私(わたし)たちは 5 人(ごにん)です。
wa ta shi ta chi wa go nin de su.

❸ 一會兒後還有一個人會過來。
あとでもう一人(ひとり)来(き)ます。
a to de mou hi to ri ki ma su.

❹ 有 6 個人的包廂嗎？

6 人分の個室がありますか。

ro ku nin bun no ko shi tsu ga a ri ma su ka.

❺ 我們 8 個人，有包廂嗎？

私たち8人ですが、個室がありますか。

wa ta shi ta chi ha chi nin de su ga, ko shi tsu ga a ri ma su ka.

迷你會話

A: 歡迎光臨。您幾位？

いらっしゃいませ。何名様でございますか。

i ra ssya i ma se. nan mei sa ma de go za i ma su ka.

B: 5 位。

5 人です。

go nin de su.

A: 好的，請這邊。

かしこまりました。こちらへ、どうぞ。

ka shi ko ma ri ma shi ta. ko chi ra e, dou zo.

07 告訴店員已訂位

mp3 ↑

重要詞匯

之前	この前 まえ	ko no ma e
上周	先週 せんしゅう	sen syuu
號碼	番号 ばんごう	ban gou
告訴	教える おし	o shi e ru

常用短句

❶ 我之前訂了位的。
この前、予約しました。
ko no ma e, yo ya ku shi ma shi ta.

❷ 上周預訂了兩位。
先週、席を二つ予約しました。
sen syuu, se ki o fu ta tsu yo ya ku shi ma shi ta.

❸ 這是我的訂位號碼。
これが私の予約番号です。
ko re ga wa ta shi no yo ya ku ban gou de su.

❹ 預訂的是 6 點。
よやく ろく じ
予約は 6 時です。
yo ya ku wa ro ku ji de su.

❺ 我預訂的座位在幾樓？
わたし よやく せき なんかい
私が予約した席は何階ですか。
wa ta shi ga yo ya ku shi ta se ki wa nan ka i de su ka.

迷你會話

A: 你好，我之前訂了位的。
まえ よ やく
こんにちは。この前予約したんですが。
kon ni chi wa. ko no ma e yo ya ku shi tan de su ga.

B: 歡迎光臨，可以告訴我訂位號碼嗎？
よやくばんごう おし
いらっしゃいませ。予約番号を教えてくださいませんか。
i ra ssya i ma se. yo ya ku ban gou o o shi e te ku da sa i ma sen ka.

A: 好的，3097。
さんぜろきゅうなな
はい、３０９７です。
ha i, san ze ro kyuu na na de su.

B: 請稍等。
しょうしょう ま
少々お待ちください。
syou syou o ma chi ku da sa i.

08 選擇喜歡的座位

mp3 ↑

重要詞匯

我們	私_{わたし}たち	wa ta shi ta chi
喜歡	好_すき	su ki
可以……	〜てもいい	te mo i i
但是	けれど	ke re do

常用短句

❶ **請給我禁煙區的座位。**
禁煙席_{きんえんせき}をお願_{ねが}いします。
kin en se ki o o ne ga i shi ma su.

❷ **請給我吸煙區的座位。**
喫煙席_{きつえんせき}をお願_{ねが}いします。
ki tsu en se ki o o ne ga i shi ma su.

❸ **有沒有靠近窗口的座位？**
窓_{まど}に近_{ちか}い席_{せき}がありますか。
ma do ni chi ka i se ki ga a ri ma su ka.

❹ 我想坐在窗邊。

窓側に座りたいんです。

ma do ga wa ni su wa ri ta in de su.

❺ 我們可以坐在這裡嗎？

私 たちはここに座ってもいいですか。

wa ta shi ta chi wa ko ko ni su wa tte mo i i de su ka.

迷你會話

A: 我們可以坐在這邊嗎？

ここに座ってもいいですか。

ko ko ni su wa tte mo i i de su ka.

B: 可以，但是那邊是吸煙區。

いいですけれど、そっちは喫煙席ですが。

i i de su ke re do, so cchi wa ki tsu en se ki de su ga.

A: 是嗎？那不行呢……

そうですか。それはちょっと…

sou de su ka. so re wa cyo tto…

重要詞匯

溫度	温度（おんど）	on do
熱水	お湯（ゆ）	o yu
加（水）	お代わり（か）	o ka wa ri
打開	開ける（あ）	a ke ru

常用短句

❶ 不好意思，打擾一下。

ちょっとすみませんが。
cyo tto su mi ma sen ga.

❷ 可以幫個忙嗎？
少し手伝ってくれませんか。（すこ てつだ）
su ko shi te tsu da tte ku re ma sen ka.

❸ 請幫忙把冷氣溫度調高一點。
エアコンの温度を高くしてください。（おんど たか）
e a kon no on do o ta ka ku shi te ku da sa i.

❹ 能加點熱水嗎？

お湯のお代わりができますか。

o yu no o ka wa ri ga de ki ma su ka.

❺ 請給我們打開這瓶紅酒。

このワインを開けてください。

ko no wa in o a ke te ku da sa i.

迷你會話

A: 不好意思，打擾一下。

ちょっとすみませんが。

cyo tto su mi ma sen ga.

B: 你好，您有什麼需要？

はい。何の御用でしょうか。

ha i. nan no go you de syou ka.

A: 請加點水。

お湯を足してください。

o yu o ta shi te ku da sa i.

B: 好的，知道了。

はい、かしこまりました。

ha i, ka shi ko ma ri ma shi ta.

10 點餐

mp3

重要詞匯

辣	辛^{から}い	ka ra i
果盤	フルーツ盛^もり合^あわせ	fu ru– tsu mo ri a wa se
菜式	料理^{りょうり}	ryou ri
點（菜）	～にする	ni su ru

常用短句

❶ 請給我看一下餐牌。
メニューを見^みせてください。
me nyu- o mi se te ku da sa i.

❷ 我點這道菜。
この料理^{りょうり}にします。
ko no ryou ri ni shi ma su.

❸ 這道菜辣嗎？
この料理^{りょうり}は辛^{から}いですか。
ko no ryou ri wa ka ra i de su ka.

❹ 有沒有果盤？

フルーツ盛り合わせがありますか。
fu ru- tsu mo ri a wa se ga a ri ma su ka.

❺ 我要這道菜和這道菜。

これとこれにします。
ko re to ko re ni shi ma su.

迷你會話

A: 請再給我一份餐牌。

メニューをもう一冊お願いします。
me nyu- o mou i ssa tsu o ne ga i shi ma su.

B: 要這個，這個，還有這個。

これ、これ、それからこれです。
ko re, ko re, so re ka ra ko re de su.

A: 總共幾道菜了？

料理は何品注文しましたか。
ryou ri wa nan pin cyuu mon shi ma shi ta ka.

B: 8 道了。

8 品です。
ha ppin de su.

11 點酒水

重要詞匯

常溫	常温 (じょうおん)	jyou on
推薦	すすめる	su su me ru
生啤	生ビール (なま)	na ma bi- ru
威士忌	ウイスキー	u i su ki-

常用短句

❶ 有常溫的啤酒嗎？
常温(じょうおん)のビールがありますか。
jyou on no bi- ru ga a ri ma su ka.

❷ 有推薦的酒嗎？
おすすめの酒(さけ)は何(なん)ですか。
o su su me no sa ke wa nan de su ka.

❸ 先來 3 杯生啤。
とりあえず生(なま)ビール 3 杯(さんばい)ください。
to ri a e zu na ma bi- ru san ba i ku da sa i.

❹ **麻煩把燒酒熱一下。**

焼 酎 を少し 温 めてください。

syou cyuu o su ko shi a ta ta me te ku da sa i.

❺ **來兩瓶威士忌。**

ウイスキーを 2 本ください。

u i su ki- o ni hon ku da sa i.

迷你會話

A: **您要喝些什麼酒？**

すみません、お酒は？

su mi ma sen, o sa ke wa?

B: **先來兩杯生啤。**

とりあえず生ビールを 2 杯ください。

to ri a e zu na ma bi- ru o ni ha i ku da sa i.

A: **好的，知道了。**

はい、かしこまりました。

ha i, ka shi ko ma ri ma shi ta.

⑫ 請店員推薦

重要詞匯

初次	初^{はじ}めて	ha ji me te
受歡迎	人気^{にん き}	nin ki
推薦	推薦^{すいせん}する	su i sen su ru
幾個	いくつか	i ku tsu ka

常用短句

❶ **能給我們推薦幾道菜嗎？**
料理^{りょうり}をいくつか推薦^{すいせん}してくれませんか。
ryou ri o i ku tsu ka su i sen shi te ku re ma sen ka.

❷ **點這道菜的人多嗎？**
この料理^{りょうり}を注文^{ちゅうもん}する人^{ひと}が多^{おお}いですか。
ko no ryou ri o cyuu mon su ru hi to ga oo i de su ka.

❸ **你們餐廳的特色菜是什麼？**
お店^{みせ}のおすすめ料理^{りょうり}は何^{なん}ですか。
o mi se no o su su me ryou ri wa nan de su ka.

❹ 第一次來，多推薦幾道菜吧。

初めてなので、たくさん薦めてくれませんか。
ha ji me te na no de, ta ku san su su me te ku re ma sen ka.

❺ 哪種酒最受歡迎？

どの酒が一番人気ですか。
do no sa ke ga i chi ban nin ki de su ka.

迷你會話

A: 你們餐廳的特色菜是什麼？

お店のおすすめ料理は何ですか。
o mi se no o su su me ryou ri wa nan de su ka.

B: 點這道菜的人比較多。

この料理を注文する方が多いですが。
ko no ryou ri o cyuu mon su ru ka ta ga oo i de su ga.

A: 是嗎？那我們也嚐嚐。

そうですか。じゃ、食べてみましょう。
sou de su ka. jya, ta be te mi ma syou.

13 詢問菜式的特點

mp3 ↑

重要詞彙

辣椒	唐辛子(とうがらし)	tou ga ra shi
甜味	甘み(あま)	a ma mi
特色	特徴(とくちょう)	to ku cyou
油膩	脂(あぶら)っこい	a bu ra kko i

常用短句

❶ 這道菜放辣椒了嗎？
この料理(りょうり)は唐辛子(とうがらし)が入(はい)っていますか。
ko no ryou ri wa tou ga ra shi ga ha i tte i ma su ka.

❷ 有沒有不太辣的菜？
あまり辛(から)くない料理(りょうり)がありますか。
a ma ri ka ra ku na i ryou ri ga a ri ma su ka.

❸ 這道菜有點甜嗎？
この料理(りょうり)はちょっと甘(あま)いですか。
ko no ryou ri wa cyo tto a ma i de su ka.

❹ 這道菜有什麼特色？

この料理はどのような特徴がありますか。

ko no ryou ri wa do no you na to ku cyou ga a ri ma su ka.

❺ 這道菜有什麼特別之處嗎？

この料理は何か特別なところがありますか。

ko no ryou ri wa na ni ka to ku be tsu na to ko ro ga a ri ma su ka.

迷你會話

A: 這道菜的味道偏淡的。

料理の味がちょっと薄いですね。

ryou ri no a ji ga cyo tto u su i de su ne.

B: 淡而不膩是這道菜的特色。

味が薄くて脂っこくないのがこの料理の特徴ですよ。

a ji ga u su ku te a bu ra kko ku na i no ga ko no ryou ri no to ku cyou de su yo.

A: 原來是這樣啊。

そうなんですか。

sou nan de su ka.

説出自己 14 不吃的食物

mp3

重要詞匯

東西、食物	もの	mo no
雞蛋	卵 たまご	ta ma go
生	生 なま	na ma
魚生	刺身 さしみ	sa shi mi

常用短句

❶ 我不太喜歡辣的食物。
辛いものがあまりすきではありません。
から
ka ra i mo no ga a ma ri su ki de wa a ri ma sen.

❷ 我不喜歡生的東西。
生の物が 私 は好きじゃないんです。
なま もの わたし す
na ma no mo no ga wa ta shi wa su ki jya na in de su.

❸ 雞蛋我吃不了。
私 は 卵 が苦手です。
わたし たまご にがて
wa ta shi wa ta ma go ga ni ga te de su.

❹ 我不怎麼吃生的東西。
生の物はあまり食べません。
na ma no mo no wa a ma ri ta be ma sen.

❺ 我不能吃魚生。
私は刺身が食べられません。
wa ta shi wa sa shi mi ga ta be ra re ma sen.

迷你會話

A: 您有什麼不能吃的東西嗎？
何か食べられないものがありますか。
na ni ka ta be ra re na i mo no ga a ri ma su ka.

B: 只要不是生的，都可以。
生じゃなければ、何でもいいです。
na ma jya na ke re ba, nan de mo i i de su.

A: 好的，知道了。
はい、かしこまりました。
ha i, ka shi ko ma ri ma shi ta.

15 催促上菜

mp3 ↑

重要詞匯

上菜	料理が来る（りょう り く）	ryou ri ga ku ru
沙律	サラダ	sa ra da
擁擠	込む（こ）	ko mu
催	急かせる（せ）	se ka se ru

常用短句

❶ 上菜能快一點嗎？
料理を早く出してくれませんか。
ryo ri o ha ya ku da shi te ku re ma sen ka.

❷ 請快一點上菜。
料理を早く出してください。
ryou ri o ha ya ku da shi te ku da sa i.

❸ 還要等多久啊？
あとどのぐらい待つんですか。
a to do no gu ra i ma tsun de su ka.

❹ 能先上沙律嗎？

サラダをまず出<ruby>だ</ruby>してくれませんか。

sa ra da o ma zu da shi te ku re ma sen ka.

❺ 上菜有點慢啊。

料<ruby>りょう</ruby>理<ruby>り</ruby>の來るのがちょっとおそいですが。

ryo ri no ku ru no ga cyo tto o so i de su ga.

迷你會話

A: 下一道菜還未有嗎？

次<ruby>つぎ</ruby>の料<ruby>りょう</ruby>理<ruby>り</ruby>はまだできていませんか。

tsu gi no ryou ri wa ma da de ki te i ma sen ka.

B: 實在不好意思。因為今天客人比較多，我馬上去給您催一下。

申<ruby>もう</ruby>し訳<ruby>わけ</ruby>ございません。今日<ruby>きょう</ruby>はとても込<ruby>こ</ruby>んでいますので、少<ruby>すこ</ruby>し急<ruby>せ</ruby>かせます。

mou shi wa ke go za i ma sen. kyou wa to te mo kon de i ma su no de, su ko shi se ka se ma su.

A: 好的。麻煩你了。

じゃ、お願<ruby>ねが</ruby>いします。

jya, o ne ga i shi ma su.

重要詞匯

燒焦	焦げる こ	ko ge ru
新鮮	新鮮 しんせん	shin sen
奇怪	変 へん	hen
處理	処理 しょり	syo ri

常用短句

❶ 這道菜有點鹹。
この 料理はちょっと 塩 辛いですね。
りょうり　　　　　　しお から
ko no ryou ri wa cyo tto shi o ka ra i de su ne.

❷ 這道菜有點燒焦了。
この 料理は少し焦げています。
りょうり　すこ　こ
ko no ryou ri wa su ko shi ko ge te i ma su.

❸ 感覺魚不是很新鮮。
この 魚 はあまり新鮮じゃないようです。
さかな　　　　　しんせん

ko no sa ka na wa a ma ri shin sen jya na i you de su.

❹ **這道菜太辣了。**

この 料理は辛すぎます。

ko no ryo ri wa ka ra su gi ma su.

❺ **菜的味道有點怪怪的。**

料理の味がちょっと変だと思います。

ryou ri no a ji ga cyo tto hen da to o mo i ma su.

迷你會話

A: **這道菜好像沒放鹽。**

この 料理は塩を入れてないみたいです。

ko no ryou ri wa shi o o i re te i na i mi ta i de su.

B: **非常抱歉，我馬上給您處理。**

申し訳ございません。すぐ処理させていただきます。

mou shi wa ke go za i ma sen. su gu syo ri sa se te i ta da ki ma su.

A: **好的，謝謝。**

はい。ありがとうございます。

ha i. a ri ga tou go za i ma su.

17 上錯菜

重要詞匯

弄錯	間違う	ma chi ga u
好像	みたい	mi ta i
實在、的確	本当	hon tou
過失	ミス	mi su

常用短句

❶ 我們沒有點這道菜。
この料理は注文していません。
ko no ryou ri wa cyuu mon shi te i ma sen.

❷ 這道菜不是我們點的。
この料理は私たちの注文じゃなかったんです。
ko no ryou ri wa wa ta shi ta chi no cyuu mon jya na ka ttan de su.

❸ 這道菜是不是上錯了？
この料理は間違っていませんか。
ko no ryou ri wa ma chi ga tte i ma sen ka.

④ 上錯菜了。
りょうり　まちが
料理を間違えました。
ryou ri o ma chi ga e ma shi ta.

⑤ 這個菜好像不是我們的。
りょうり　　　　　　　　　ちゅうもん
この料理はこっちの注文じゃないみたいです。
ko no ryou ri wa ko cchi no cyuu mon jya na i mi ta i de su.

迷你會話

A: 不好意思，好像上錯菜了。
りょうり　まちが
すみませんが、料理を間違えたみたいです。
su mi ma sen ga, ryou ri o ma chi ga e ta mi ta i de su.

B: 實在對不起，是我們搞錯了。
もう　わけ　　　　　　　　　　わたし
申し訳ございません。私たちのミスです。
mou shi wa ke go za i ma sen. wa ta shi ta chi no mi su de su.

A: 不，沒關係。
だいじょうぶ
いいえ、大丈夫です。
i i e, da i jyou bu de su.

18 打包

mp3 ↑

重要詞匯

打包	パックする	pa kku su ru
帶走	持_もち帰_{かえ}る	mo chi ka e ru
袋子	袋_{ふくろ}	fu ku ro
裝、放	入_いれる	i re ru

常用短句

❶ 這些菜可以打包帶走嗎？
この料理_{りょうり}は持_もち帰_{かえ}ってもいいですか。
ko no ryou ri wa mo chi ka e tte mo i i de su ka.

❷ 可以幫我把剩下的菜打包嗎？
食_たべきれなかった料理_{りょうり}をパックしてくれませんか。
ta be ki re na ka tta ryou ri o pa kku shi te ku re ma sen ka.

❸ 打包要付多少錢啊？
パック代_{だい}はいくらですか。
pa kku da i wa i ku ra de su ka.

❹ 吃剩的菜可以打包帶走嗎？
た べ き れ な い りょう り も かえ
食べきれない料理は持ち帰ってもいいですか。
ta be ki re na i ryou ri wa mo chi ka e tte mo i i de su ka.

❺ 請幫我把這些菜打包。
りょう り
この料理をパックしてください。
ko no ryou ri o pa kku shi te ku da sa i.

迷你會話

A: 我要把這些打包帶走，可以幫我裝到袋子裡嗎？
も ふくろ い
これを持ちかえりますので、袋に入れてもらえませんか。
ko re o mo chi ka e ri ma su no de, fu ku ro ni i re te mo ra e ma sen ka.

B: 這些都要嗎？
ぜん ぶ い
これらを全部入れますか。
ko re ra o zen bu i re ma su ka.

A: 不，這個和這個就可以了。
いいえ、これとこれだけでいいです。
i i e, ko re to ko re da ke de i i de su.

B: 好的，請稍等。
しょうしょう ま
かしこまりました。少々お待ちください。
ka shi ko ma ri ma shi ta. syou syou o ma chi ku da sa i.

重要詞匯

請客	おごる	o go ru
AA 制	割り勘	wa ri kan
總是	いつも	i tsu mo
客氣	遠慮	en ryo

常用短句

❶ 今天我請客。
今日は 私 がおごります。
kyou wa wa ta shi ga o go ri ma su.

❷ 我來結賬。
支払いは 私 がします。
shi ha ra i wa wa ta shi ga shi ma su.

❸ 今天不要 AA 制了。
今日、割り勘はやめておけ。
kyou, wa ri kan wa ya me te o ke.

❹ **總是讓你請，真不好意思了。**

いつもおごってくださって、本当（ほんとう）にすみません。

i tsu mo o go tte ku da sa tte, hon tou ni su mi ma sen.

❺ **付錢的就包在我身上吧。**

お金（かね）のことは、私（わたし）に任（まか）せてくれ。

o ka ne no ko to wa, wa ta shi ni ma ka se te ku re.

迷你會話

A: **今天我請客，大家盡情地吃。**

おごりますから、みなさん、存分（ぞんぶん）に食（た）べてください。

o go ri ma su ka ra, mi na san, zon bun ni ta be te ku da sa i.

B: **是嗎？那就不客氣了。**

そうか。じゃ、お言葉（ことば）に甘（あま）えて。

sou ka. jya, o ko to ba ni a ma e te.

C: **那先來個這個。**

では、とりあえずこれにしましょう。

de wa, to ri a e zu ko re ni shi ma syou.

⑳ 現金付款

mp3

重要詞匯

現金	現金(げんきん)	gen kin
零錢	小銭(こぜに)	ko ze ni
支付	支払(しはら)う	shi ha ra u
紙幣	札(さつ)	sa tsu

常用短句

❶ 多少錢？

いくらですか。
i ku ra de su ka.

❷ 用現金支付。

現金(げんきん)で支払(しはら)います。
gen kin de shi ha ra i ma su.

❸ 不用找續了。

おつりは要(い)らないです。
o tsu ri wa i ra na i de su.

❹ 一萬日元的可以嗎？
いちまんえんさつ
一万円札でいいですか。
i chi man en sa tsu de i i de su ka.

❺ 我沒有零錢。
こぜに
小銭がありません。
ko ze ni ga a ri ma sen.

迷你會話

A: 你好，一共多少錢？

こんにちは。いくらですか。
kon ni chi wa. i ku ra de su ka.

B: 36 800 日元。
さんまんろくせん はっぴゃく えん
３　６，８００円でございます。
san man ro ku sen ha ppya ku en de go za i ma su.

A: 這是 4 萬元。
よん まん
はい、4万です。
ha i, yon man de su.

B: 謝謝。這是找續。

ありがとうございます。これはおつりでございます。
a ri ga tou go za i ma su.　ko re wa o tsu ri de go za i ma su.

21 刷卡付款

mp3

重要詞匯

手續費	手数料（てすうりょう）	te suu ryou
沒關係	大丈夫（だいじょうぶ）	da i jyou bu
信用卡	クレジットカード	ku re ji tto ka- do
刷卡付款	カードで払う（はら）	ka- do de ha ra u

常用短句

❶ 可以刷卡嗎？

カードで払ってもいいですか。（はら）
ka- do de ha ra tte mo i i de su ka.

❷ 可以用信用卡嗎？

クレジットカードを使ってもいいですか。（つか）
ku re ji tto ka- do o tsu ka tte mo i i de su ka.

❸ 有手續費嗎？

手数料がありますか。（てすうりょう）
te suu ryou ga a ri ma su ka.

❹ **手續費是多少？**
手数料はいくらですか。
<ruby>手数料<rt>て すう りょう</rt></ruby>はいくらですか。
te suu ryou wa i ku ra de su ka.

❺ **中國的信用卡能用嗎？**
中国のクレジットカードは使えますか。
<ruby>中国<rt>ちゅうごく</rt></ruby>のクレジットカードは<ruby>使<rt>つか</rt></ruby>えますか。
cyuu go ku no ku re ji tto ka- do wa tsu ka e ma su ka.

迷你會話

A: **我想用信用卡付款。**
クレジットカードで払いたいんですが。
クレジットカードで<ruby>払<rt>はら</rt></ruby>いたいんですが。
ku re ji tto ka- do de ha ra i ta in de su ga.

B: **可以，但是要收取 500 日元的手續費。**
それはいいですが、手数料が500円必要になります。
それはいいですが、<ruby>手数料<rt>て すう りょう</rt></ruby>が<ruby>500円必要<rt>ごひゃく えん ひつよう</rt></ruby>になります。
so re wa i i de su ga, te suu ryou ga go hya ku en hi tsu you ni na ri ma su.

A: **好的，沒關係。**
はい、大丈夫です。
はい、<ruby>大丈夫<rt>だいじょう ぶ</rt></ruby>です。
ha i, da i jyou bu de su.

22 找續

mp3

重要詞匯

找錢	おつり	o tsu ri
打散	くずす	ku zu su
帶	持つ	mo tsu
給	くれる	ku re ru

常用短句

❶ **我好像沒有零錢了。**
小銭はないみたいです。
ko ze ni wa na i mi ta i de su.

❷ **沒有零錢就算了。**
小銭がないなら、それでいいです。
ko ze ni ga na i na ra, so re de i i de su.

❸ **好像找錯錢了。**
おつりを間違えているみたいです。
o tsu ri o ma chi ga e te i ru mi ta i de su.

❹ 請給我 5 張一千日元紙幣。

千円札を 5 枚お願いします。
sen en sa tsu o go ma i o ne ga i shi ma su.

❺ 請幫我打散這些錢。

これをくずしてください。
ko re o ku zu shi te ku da sa i.

迷你會話

A: 這是找績。

これはおつりでございます。
ko re wa o tsu ri de go za i ma su.

B: 好的，謝謝。能幫我打散這些錢嗎？

はい、ありがとう。これをくずしてくれませんか。
ha i, a ri ga tou. ko re o ku zu shi te ku re ma sen ka.

A: 好的，請稍等。

はい、少々お待ちください。
ha i, syou syou o ma chi ku da sa i.

㉓ AA 制

重要詞匯

這次	今回（こんかい）	kon ka i
普遍	普通（ふつう）	fu tsuu
事	こと	ko to
每人	各人（かくじん）	ka ku jin

常用短句

❶ 我們 AA 制吧。
割り勘にしましょう。
wa ri kan ni shi ma syou.

❷ 除開每個人多少錢？
割り勘で一人いくらですか。
wa ri kan de hi to ri i ku ra de su ka.

❸ 這次我們 AA 制。
今回割り勘にします。
kon ka i wa ri kan ni shi ma su.

❹ 在日本 AA 制是很普遍的事情。

割り勘は日本でとても普通のことです。

wa ri kan wa ni hon de to te mo fu tsuu noko to de su.

❺ 每人 10 000 日元。

一人 10,000 円です。

hi to ri i chi man en de su.

A: 我們 AA 制好嗎？

割り勘でどう？

wa ri kan de dou?

B: 好的。每人多少錢？

いいですよ。一人いくら？

i i de su yo. hi to ri i ku ra.

A: 3 000 日元。

3,000 円です。

san zen en de su.

㉔ 開收據

mp3 ↑

重要詞匯

抬頭	宛名 あて な	a te na
公司	会社 かいしゃ	ka i sya
寫	書く か	ka ku
收據	領収書 りょうしゅうしょ	ryou syuu syo

常用短句

❶ **請給我開收據。**
りょうしゅうしょ　　　　　ねが
領収書をお願いします。
ryou syuu syo o o ne ga i shi ma su.

❷ **能給我開收據嗎？**
りょうしゅうしょ　　　だ
領収書を出してくれませんか。
ryou syuu syo o da shi te ku re ma sen ka.

❸ **你們店能開收據嗎？**
みせ　　りょうしゅうしょ
お店で領収書がもらえますか。
o mi se de ryou syuu syo ga mo ra e ma su ka.

❹ 抬頭可以不用寫。
宛名は書かなくてもいいです。
a te na wa ka ka na ku te mo i i de su.

❺ 抬頭寫成東洋電機。
宛名は東洋電機と書いてください。
a te na wa tou you den ki to ka i te ku da sa i.

迷你會話

A: 請給我開張收據。
領収書をお願いします。
ryou syuu syo o o ne ga i shi ma su.

B: 好的,抬頭怎樣寫?
はい。宛名はどう書きますか。
ha i. a te na wa dou ka ki ma su ka.

A: 抬頭就不用寫了。
宛名は書かなくてもいいです。
a te na wa ka ka na ku te mo i i de su.

25 用餐評價

重要詞匯

氛圍	雰囲気 （ふんいき）	fun i ki
價格	値段 （ねだん）	ne dan
貴	高い （たかい）	ta ka i
便宜	安い （やすい）	ya su i

常用短句

❶ 服務還不錯。

サービスがいいです。
sa- bi su ga i i de su.

❷ 食物的味道一般。

料理 （りょうり） の味 （あじ） はまあまあです。
ryou ri no a ji wa maa maa de su.

❸ 氛圍很好。

雰囲気 （ふんいき） がとてもいい。
fun i ki ga to te mo ii.

④ 上菜速度有點慢。

料理が來るのがちょっと遅いです。

ryou ri ga ku ru no ga cyo tto o so i de su.

⑤ 價格也不是很貴。

値段もあまり高くないです。

ne dan mo a ma ri ta ka ku na i de su.

迷你會話

A: 這家店如何？

この店はどうですか。

ko no mi se wa dou de su ka.

B: 氛圍不錯，價格又便宜。

雰囲気がいいし、値段も安いです。

fun i ki ga i i shi, ne dan mo ya su i de su.

A: 嗯，我也這樣認為。

うん、私もそう思います。

un, wa ta shi mo sou o mo i ma su.

㉖ 吃快餐

重要詞匯

套餐	セット	se tto
打包帶走	持^もち帰^{かえ}り	mo chi ka e ri
可樂	コーラ	ko- ra
漢堡	ハンバーガー	han ba- ga-

常用短句

❶ 來一個漢堡套餐。

ハンバーガーのセットをお願^{ねが}いします。
han ba- ga- no se tto o o ne ga i shi ma su.

❷ 我要這個套餐。

このセットにします。
ko no se tto ni shi ma su.

❸ 我要打包帶走。

持^もち帰^{かえ}ります。
mo chi ka e ri ma su.

❹ 我在店裡吃。

店で食べます。
mi se de ta be ma su.

❺ 可樂請走冰。

コーラに氷を入れないでください。
ko- ra ni koo ri o i re na i de ku da sa i.

迷你會話

A: 請給我一份這個套餐。

このセットをお願いします。
ko no se tto o o ne ga i shi ma su.

B: 好的，在店裡吃嗎？

はい。ここで食べますか。
ha i. ko ko de ta be ma su ka.

A: 不，打包帶走的。

いいえ、持ち帰ります。
ii e. mo chi ka e ri ma su.

B: 請稍等。

少々お待ちください。
syou syou o ma chi ku da sa i.

mp3

重要詞匯

套餐	ていしょく 定 食	tei syo ku
牛肉飯	ぎゅう どん 牛 丼	gyuu don
名字	な まえ 名前	na ma e
雞肉	とりにく 鶏 肉	to ri ni ku

常用短句

❶ 我要一個牛肉飯。
　ぎゅうどん　　　　ねが
　牛 丼をお願いします。
　gyuu don o o ne ga i shi ma su.

❷ 這是什麼套餐？
　　　　なん　ていしょく
　これは何の定 食 ですか。
　ko re wa nan no tei syo ku de su ka.

❸ 有推薦的套餐嗎？
　　　　　　　ていしょく
　おすすめの定 食 はありますか。
　o su su me no tei syo ku wa a ri ma su ka.

❹ 這個套餐不錯。
この定食 はまあまあおいしいですね。
ko no tei syo ku wa maa maa o i shii de su ne.

❺ 有親子丼（滑蛋雞肉飯）嗎？
親子丼がありますか。
o ya ko don ga a ri ma su ka.

迷你會話

A: 這個套餐叫什麼？
この定食 の名前は何ですか。
ko no tei syo ku no na ma e wa nan de su ka.

B: 這是親子丼（滑蛋雞肉飯）。
親子丼と言います。
o ya ko don to i i ma su.

A: 為什麼叫親子丼呢？
なんで親子丼と呼ぶんですか。
nan de o ya ko don to yo bun de su ka.

B: 因為裡面既有雞肉也有雞蛋。
中に鶏肉と卵の両方が入っていますから。
na ka ni to ri ni ku to ta ma go no ryou hou ga ha i tte i ma su ka ra.

28 吃魚生

mp3 ↑

重要詞匯

魚生	刺身 さしみ	sa shi mi
醬油	醬油 しょうゆ	syou yu
魚	魚 さかな	sa ka na
好吃	うまい	u ma i

常用短句

❶ 來兩份魚生。
刺身を二人分お願いします。
さしみ　ふたりぶん　ねが
sa shi mi o fu ta ri bun o ne ga i shi ma su.

❷ 這個要怎麼吃？
これはどうやって食べますか。
た
ko re wa dou ya tte ta be ma su ka.

❸ 有沒有醬油？
醬油がありますか。
しょうゆ
syou yu ga a ri ma su ka.

❹ 這是什麼魚做的？
これは何の魚で作りましたか。
ko re wa nan no sa ka na de tsu ku ri ma shi ta ka.

❺ 我非常喜歡吃魚生。
刺身が大好きです。
sa shi mi ga da i su ki de su.

迷你會話

A: 你喜歡吃魚生嗎？
刺身が好きですか。
sa shi mi ga su ki de su ka.

B: 一點點還可以。
少しだけなら大丈夫です。
su ko shi da ke na ra da i jyou bu de su.

A: 那你嚐嚐這個。
じゃ、これを食べてみて。
jya, ko re o ta be te mi te.

B: 嗯，好吃。
うん、うまい。
un, u m0a i.

29 吃日式火鍋

mp3

重要詞匯

涮涮鍋	しゃぶしゃぶ	sya bu sya bu
火鍋料理	鍋料理 （なべりょうり）	na be ryou ri
蔬菜	野菜 （やさい）	ya sa i
碟	皿 （さら）	sa ra

常用短句

❶ 今天晚上去吃涮涮鍋怎麼樣？
今晩（こんばん）しゃぶしゃぶにしませんか。
kon ban sya bu sya bu ni shi ma sen ka.

❷ 火鍋料理怎麼樣？
鍋料理（なべりょうり）はどうですか。
na be ryou ri wa dou de su ka.

❸ 再要點蔬菜。
野菜（やさい）をまた注文（ちゅうもん）しましょう。
ya sa i o ma ta cyuu mon shi ma syou.

❹ 菠菜怎麼樣？
ほうれん草はいかがでしょうか。
hou ren sou wa i ka ga de syou ka.

❺ 這個真好吃，叫什麼？
これはうまい、何て名前？
ko re wa u ma i, nan te na ma e?

迷你會話

A: 不夠食物了，再點些別的吧。
料理が足りませんので、また何か注文しましょう。
ryou ri ga ta ri ma sen no de, ma ta na ni ka cyuu mon shi ma syou.

B: 是啊，我再要一碟羊肉。
そうですね。私はマトンをもう一皿注文します。
sou de su ne. wa ta shi wa ma ton o mou hi to sa ra cyuu mon shi ma su.

A: 你可真能吃啊。
キミ、たくさん食べますね。
ki mi, ta ku san ta be ma su ne.

B: 太好吃了啊。
うまいから。
u ma i ka ra.

30 吃日式燒肉

mp3 ↑

重要詞匯

燒肉	焼肉 （やきにく）	ya ki ni ku
自助	食べ放題 （た ほうだい）	ta be hou da i
燒雞肉串	焼き鳥 （や とり）	ya ki to ri
相信	信じる （しん）	shin ji ru

常用短句

❶ **一起去吃燒肉怎麼樣？**
一緒に焼肉を食べに行きませんか。
i ssyo ni ya ki ni ku o ta be ni i ki ma sen ka.

❷ **燒肉是任食的嗎？**
焼肉は食べ放題ですか。
ya ki ni ku wa ta be hou da i de su ka.

❸ **去吃燒雞肉串怎麼樣？**
焼き鳥を食べに行くのはどうですか。
ya ki to ri o ta be ni i ku no wa dou de su ka.

❹ 我非常喜歡吃燒肉。

焼肉は大好きです。

ya ki ni ku wa da i su ki de su.

❺ 這個是什麼肉啊？

これは何の肉ですか。

ko re wa nan no ni ku de su ka.

迷你會話

A: 這個肉怎麼樣？

この肉はどうですか。

ko no ni ku wa dou de su ka.

B: 很好吃，是什麼肉啊？

おいしいよ。何の肉ですか。

o i shii yo. nan no ni ku de su ka.

A: 就是普通的雞肉啊。

普通の鶏肉ですよ。

fu tsuu no to ri ni ku de su yo.

B: 這麼好吃，有點難以相信。

こんなにおいしくて、信じられませんね。

kon na ni o i shi ku te, shin ji ra re ma sen ne.

31 茶館

mp3 ↑

重要詞匯

茉莉花茶	ジャスミン<ruby>茶<rt>ちゃ</rt></ruby>	jya su min cya
烏龍茶	ウーロン<ruby>茶<rt>ちゃ</rt></ruby>	u- ron cya
蜂蜜	<ruby>蜂蜜<rt>はちみつ</rt></ruby>	ha chi mi tsu
綠茶	<ruby>緑茶<rt>りょくちゃ</rt></ruby>	ryo ku cya

常用短句

❶ 給我一杯茉莉花茶。
ジャスミン<ruby>茶<rt>ちゃ</rt></ruby>を<ruby>一杯<rt>いっぱい</rt></ruby>お<ruby>願<rt>ねが</rt></ruby>いします。
jya su min cya o i ppa i o ne ga i shi ma su.

❷ 有烏龍茶嗎?
ウーロン<ruby>茶<rt>ちゃ</rt></ruby>がありますか。
u- ron cya ga a ri ma su ka.

❸ 請往茶裡加點蜂蜜。
お<ruby>茶<rt>ちゃ</rt></ruby>に<ruby>蜂蜜<rt>はちみつ</rt></ruby>を<ruby>少<rt>すこ</rt></ruby>し<ruby>入<rt>い</rt></ruby>れてください。
o cya ni ha chi mi tsu o su ko shi i re te ku da sa i.

❹ 這是什麼茶？
これは何のお茶ですか。
ko re wa nan no o cya de su ka.

❺ 這茶真香。
このお茶はいい香りですね。
ko no o cya wa i i ka o ri de su ne.

迷你會話

A: 有什麼推薦的茶嗎？
何かおすすめのお茶がありますか。
na ni ka o su su me no o cya ga a ri ma su ka.

B: 我們的綠茶不錯，要嚐一下嗎？
うちの緑茶はとてもいいですよ。飲んでみませんか。
u chi no ryo ku cya wa to te mo i i de su yo. non de mi ma sen ka.

A: 好吧，那先來兩杯綠茶吧。
じゃ、とりあえず緑茶を二杯お願いします。
jya, to ri a e zu ryo ku cya o ni ha i o ne ga i shi ma su.

mp3 ↑

重要詞匯

香檳	シャンパン	syan pan
杯子	グラス	gu ra su
小食	スナック	su na kku
葡萄酒	ワイン	wa in

常用短句

❶ 給我來一杯威士忌。

ウイスキーを一杯お願します。
いっぱい ねがい

u i su ki- o i ppai o ne ga i shi ma su.

❷ 有果汁或水嗎？

ジュースや飲料水などがありますか。
いんりょうすい

jyu- su ya in ryou su i na do ga a ri ma su ka.

❸ 葡萄酒一杯多少錢？

ワインは一杯いくらですか。
いっぱい

wa in wa i ppai i ku ra de su ka.

❹ **可以換個大點的杯子嗎？**

大きいグラスに替えてくれませんか。

oo ki i gu ra su ni ka e te ku re ma sen ka.

❺ **有小食嗎？**

スナックなどありますか。

su na kku na do a ri ma su ka.

迷你會話

A: **來三杯香檳。**

シャンパンを三杯お願いします。

syan pan o san bai o ne ga i shi ma su.

B: **請問還要別的嗎？**

ほかに何かご注文がありますか。

ho ka ni ka go cyuu mon ga a ri ma su ka.

A: **不了，謝謝。**

いいえ。ありがとう。

i i e. a ri ga tou.

▶ 購物

01 詢問價格

mp3

重要詞匯

一套	セット	se tto
數碼相機	デジタルカメラ	de ji ta ru ka me ra
電子辭典	電子辞書 でん し じ しょ	den shi ji syo
手機	携帯電話 けいたいでん わ	kei ta i den wa

常用短句

❶ 這個多少錢？

これはいくらですか。
ko re wa i ku ra de su ka.

❷ 這一套多少錢？

このセットはいくらですか。
ko no se tto wa i ku ra de su ka.

❸ 這部數碼相機多少錢？

このデジタルカメラはいくらですか。
ko no de ji ta ru ka me ra wa i ku ra de su ka.

❹ 這部電子辭典多少錢？
この電子辞書はいくらですか。
ko no den shi ji syo wa i ku ra de su ka.

❺ 這隻手錶多少錢？
この腕時計はいくらですか。
ko no u de do kei wa i ku ra de su ka.

迷你會話

A: 這個手機多少錢？
この携帯電話はいくらですか。
ko no kei ta i den wa wa i ku ra de su ka.

B: 6 萬日元。
6 万円です。
ro ku man en de su.

A: 這個呢？

これは？
ko re wa?

B: 這個也是 6 萬日元。
これも 6 万円です。
ko re mo ro ku man en de su.

02 詢問折扣

mp3 ↑

重要詞匯

折扣	割引（わりびき）	wa ri bi ki
成為	なる	na ru
會員	会員（かいいん）	ka i in
打折	割り引く（わ び）	wa ri bi ku

常用短句

❶ **這個有折嗎？**
これは割引（わりびき）がありますか。
ko re wa wa ri bi ki ga a ri ma su ka.

❷ **這個有幾折？**
これは何割引き（なんわりびき）ですか。
ko re wa nan wa ri bi ki de su ka.

❸ **會員有折嗎？**
会員（かいいん）なら、割り引き（わ び）がありますか。
ka i in na ra, wa ri bi ki ga a ri ma su ka.

④ 8 折可以嗎？

二<ruby>割<rt>わり</rt></ruby><ruby>引<rt>び</rt></ruby>きでいいですか。

ni wa ri bi ki de i i de su ka.

⑤ 買兩件的話可有 9 折嗎？

<ruby>二<rt>ふた</rt></ruby>つ<ruby>買<rt>か</rt></ruby>うと、<ruby>一割<rt>いちわり</rt></ruby><ruby>引<rt>び</rt></ruby>きになりますか。

fu ta tsu ka u to, i chi wa ri bi ki ni na ri ma su ka.

迷你會話

A: 請問這個有什麼優惠嗎？

すみませんが、これは<ruby>何<rt>なに</rt></ruby>か<ruby>特典<rt>とくてん</rt></ruby>がありますか。

su mi ma sen ga, ko re wa na ni ka to ku ten ga a ri ma su ka.

B: 買一件 9 折，兩件 8 折。

<ruby>一<rt>ひと</rt></ruby>つは<ruby>一割<rt>いちわり</rt></ruby><ruby>引<rt>び</rt></ruby>きで、<ruby>二<rt>ふた</rt></ruby>つ<ruby>買<rt>か</rt></ruby>うと<ruby>二割<rt>にわり</rt></ruby><ruby>引<rt>び</rt></ruby>きになります。

hi to tsu wa i chi wa ri bi ki de, fu ta tsu ka u to ni wa ri bi ki ni na ri ma su.

A: 那麼，給我兩件吧。

じゃ、<ruby>二<rt>ふた</rt></ruby>つください。

jya, fu ta tsu ku da sa i.

03 討價還價

mp3

重要詞匯

最低價	最低価格 さいていかかく	sa i tei ka ka ku
第二次	二度目 にどめ	ni do me
稍微	少し すこ	su ko shi
價錢	値段 ねだん	ne dan

常用短句

❶ 可以便宜點嗎？
少し安くしてもらってもいいですか。
su ko shi ya su ku shi te mo ra tte mo i i de su ka.

❷ 還能再便宜點嗎？
もう少し安くしてくれませんか。
mou su ko shi ya su ku shi te ku re ma sen ka.

❸ 買兩個能便宜點嗎？
二つ買うと、安くなりますか。
fu ta tsu ka u to, ya su ku na ri ma su ka.

❹ 我是會員，便宜 500 日元吧。
会員なので、500円ぐらい安くしてくれませんか。
ka i in na no de, go hya ku en gu ra i ya su ku shi te ku re ma sen ka.

❺ 已經是第二次買了，價錢能再便宜點嗎。
もう二度目なので、値段はもう少し安くなりませんか。
mou ni do me na no de, ne dan wa mou su ko shi ya su ku na ri ma sen ka.

迷你會話

A: **能再便宜點嗎？**
もう少し安くならない？
mou su ko shi ya su ku na ra na i.

B: **不好意思，已經是最低價了。**
すみませんが、もう最低価格なんですが。
su mi ma sen ga, mou sa i tei ka ka ku nan de su ga.

A: **是嗎？那給我這個吧。**
そうですか。じゃ、これにしましょう。
sou de su ka. jya, ko re ni shi ma syou.

重要詞匯

含稅	税込 ぜいこみ	zei ko mi
稅率	税率 ぜいりつ	zei ri tsu
免稅	免税 めんぜい	men zei
稅金	税金 ぜいきん	zei kin

常用短句

❶ 這是含稅的價格嗎？

これは税込価格ですか。
ぜいこみ か かく

ko re wa zei ko mi ka ka ku de su ka.

❷ 稅率是多少啊？

税率はいくらですか。
ぜいりつ

zei ri tsu wa i ku ra de su ka.

❸ 可以免稅嗎？

免税できますか。
めんぜい

men zei de ki ma su ka.

❹ 含稅的價錢是多少？
　ぜいこみ か かく
　税込価格はいくらですか。
　zei ko mi ka ka ku wa i ku ra de su ka.

❺ 稅金是多少？
　ぜいきん
　税金はいくらですか。
　zei kin wa i ku ra de su ka.

迷你會話

A: 這個價錢含稅嗎？
　　か かく　ぜいこみ か かく
　この価格は税込価格ですか。
　ko no ka ka ku wa zei ko mi ka ka ku de su ka.

B: 不，不含稅。
　　　　ぜいきん　はい
　いいえ、税金は入っていません。
　ii e, zei kin wa ha i tte i ma sen.

A: 含稅的價錢是多少？
　　ぜいこみ か かく
　税込価格はいくらですか。
　zei ko mi ka ka ku wa i ku ra de su ka.

B: 含稅的價錢是 10 800 日元。
　　ぜいこみ か かく　いちまんはっぴゃく えん
　税込価格は 10,800 円です。
　zei ko mi ka ka ku wa i chi man ha ppaya ku en de su.

05 可以退稅嗎

mp3 ↑

重要詞匯

退稅	税金を還付する 〔ぜいきん かんぷ〕	zei kin o kan pu su ru
百分率	パーセント	pa- sen to
證件	証明書 〔しょうめいしょ〕	syou mei syo
申請	申告 〔しんこく〕	shin ko ku

常用短句

❶ 這個可以退稅嗎？

これは税金を還付することができますか。
〔ぜいきん かんぷ〕
ko re wa zei kin o kan pu su ru ko to ga de ki ma su ka.

❷ 可以退百分之幾的稅？

税金は何パーセント還付されますか。
〔ぜいきん なん かんぷ〕
zei kin wa nan pa- sen to kan pu sa re ma su ka.

❸ 退稅時要提供什麼證件？

税金還付を受ける時、何の証明書を提示しなければなり
〔ぜいきんかんぷ う とき なん しょうめいしょ ていじ〕
ません。
zei kin kan pu wo u ke ru to ki, nan no syou mei syo o tei ji shi na ke re ba
na ri ma sen ka.

❹ 哪些產品可以退稅？

どの商品が税金を還付されますか。

do no syou hin ga zei kin o kan pu sa re ma su ka.

❺ 哪些產品能退稅？

何が税金還付の対象になりますか。

na ni ga zei kin kan pu no ta i syou ni na ri ma su ka.

迷你會話

A: 這個，我想退稅。

これ、税金還付の申告をしたいんですが。

ko re, zei kin kan pu no shin ko ku shi ta in de su ga.

B: 您好，請給我看一下您的護照。

こんにちは。パスポートを見せていただけませんか。

kon ni chi wa. pa su po- to o mi se te i ta da ke ma sen ka.

A: 好的，給。

はい、これです。

ha i, ko re de su.

B: 謝謝，請稍等。

ありがとうございます。少々お待ちください。

a ri ga tou go za i ma su. syou syou o ma chi ku da sa i.

06 選擇顏色

重要詞匯

適合	似合う	ni a u
流行	流行る	ha ya ru
暢銷	売れ行きがいい	u re yu ki ga i i
粉色	ピンク	pin ku

常用短句

❶ 還有其他顏色嗎？

ほかの色がありますか。

ho ka no i ro ga a ri ma su ka.

❷ 有白色的嗎？

白いのがありますか。

shi ro i no ga a ri ma su ka.

❸ 哪個顏色適合我？

どの色が私に似合いますか。

do no i ro ga wa ta shi ni ni a i ma su ka.

④ 最近流行什麼顏色？

<ruby>最<rt>さい</rt></ruby><ruby>近<rt>きん</rt></ruby>、<ruby>何<rt>なん</rt></ruby>の<ruby>色<rt>いろ</rt></ruby>が<ruby>流<rt>は</rt></ruby>行<rt>や</rt>っていますか。

sa i kin, nan no i ro ga ha ya tte i ma su ka.

⑤ 哪個顏色賣得最好？

どの<ruby>色<rt>いろ</rt></ruby>の<ruby>売<rt>う</rt></ruby>れ<ruby>行<rt>ゆ</rt></ruby>きが<ruby>一<rt>いち</rt></ruby>番<rt>ばん</rt>いいですか。

do no i ro no u re yu ki ga i chi ban i i de su ka.

> **迷你會話**

A: 這件衣服有紅色的嗎？

この<ruby>服<rt>ふく</rt></ruby>、<ruby>赤<rt>あか</rt></ruby>いのがありますか。

ko no fu ku, a ka i no ga a ri ma su ka.

B: 請稍等，我找一下。

<ruby>少<rt>しょう</rt></ruby><ruby>々<rt>しょう</rt></ruby>お<ruby>待<rt>ま</rt></ruby>ちください。<ruby>探<rt>さが</rt></ruby>してみます。

syou syou o ma chi ku da sa i. sa ga shi te mi ma su.

A: 粉色的也可以。

ピンクでもいいです。

pin ku de mo i i de su.

B: 好，這是紅色的。

はい、これは<ruby>赤<rt>あか</rt></ruby>いのです。

ha i, ko re wa a ka i no de su.

07 選擇尺碼

mp3

重要詞匯

尺碼	サイズ	sa i zu
鞋碼（厘米）	センチ	sen chi
一般	普通 ふ つう	fu tsuu
正好	ちょうどいい	cyou do i i

常用短句

❶ 我一般穿 28 碼的。

普通は ２８センチのを穿きます。
ふ つう　にじゅうはっ　　　　　　　　は

fu tsu wa ni jyuu ha ssen chi no o ha ki ma su.

❷ 有 27 碼的鞋嗎？

２７センチの靴がありますか。
にじゅうなな　　　　　くつ

ni jyuu na na sen chi no ku tsu ga a ri ma su ka.

❸ 我想要件 M 碼的外套。

Ｍサイズのコートがほしいです。

M sa i zu no ko- to ga ho shii de su.

❹ 這件衣服有 L 碼的嗎？

この服はＬサイズのがありますか。

ko no fu ku wa L sa i zu no ga a ri ma su ka.

❺ 這個尺碼有點大。

このサイズはちょっと大きいです。

ko no sa i zu wa cyo tto oo kii de su.

A: 有小一個碼的嗎？

サイズが一つ小さいのはありますか。

sa i zu ga hi to tsu chi i sa i no wa a ri ma su ka.

B: 那您試試這個。

じゃ、これを試着してください。

jya, ko re o shi cya ku shi te ku da sa i.

A: 好的，這件正好。

はい。これはちょうどいいです。

ha i. ko re wa cyou do i i de su.

08 選擇款式

mp3

重要詞匯

款式	スタイル	su ta i ru
漂亮	素敵 (すてき)	su te ki
其他	ほか	ho ka
比	より	yo ri

常用短句

❶ 我很喜歡這個款式。
私(わたし)はこのスタイルが好(す)きです。
wa ta shi wa ko no su ta i ru ga su ki de su.

❷ 這個款式今年流行嗎？
今年(ことし)、このスタイルは流行(はや)りますか。
ko to shi, ko no su ta i ru wa ha ya ri ma su ka.

❸ 這個款式適合我嗎？
このスタイルは私(わたし)に似合(にあ)いますか。
ko no su ta i ru wa wa ta shi ni ni a i ma su ka.

④ 這個款式真漂亮。

このスタイルは素敵ですね。

ko no su ta i ru wa su te ki de su ne.

⑤ 還有其他的款式嗎？

また、ほかのスタイルがありますか。

ma ta, ho ka no su ta i ru ga a ri ma su ka.

迷你會話

A: 這個款式怎麼樣？

このスタイルはどうですか。

ko no su ta i ru wa dou de su ka.

B: 我覺得挺不錯啊。

いいと思いますよ。

i i to o mo i ma su yo.

A: 那這個呢？

じゃ、これは？

jya, ko re wa?

B: 這個比那個好看。

それよりこっちのほうがきれいです。

so re yo ri ko cchi no hou ga ki rei de su.

09 買衣服

mp3 ↑

重要詞匯

毛衣	セーター	se- ta-
喜歡	気<ruby>き</ruby>に入<ruby>い</ruby>る	ki ni i ru
套裝	スーツ	su- tsu
裙子	スカート	su ka- to

常用短句

❶ **我想要這件外套。**

このコートがほしいです。
ko no ko- to ga ho shii de su.

❷ **我覺得這件毛衣挺不錯的。**

このセーターはいいと思<ruby>おも</ruby>います。
ko no se- ta- wa i i to o mo i ma su.

❸ **我喜歡這條裙子。**

このスカートが気<ruby>き</ruby>に入<ruby>い</ruby>りました。
ko no su ka- to ga ki ni i ri ma shi ta.

❹ **請給我這款套裝。**

このスーツをお願いします。
ko no su- tsu o o ne ga i shi ma su.

❺ **我就要這件了。**

じゃ、これにします。
jya, ko re ni shi ma su.

迷你會話

A: **這件衣服請給我拿綠色的。**
このような緑の服をください。
ko no you na mi do ri no fu ku o ku da sa i.

B: **好的，您穿多大？**
はい。何のサイズですか。
ha i. nan no sa i zu de su ka.

A: **M 碼就可以了。**
M サイズでいいです。
M sa i zu de i i de su.

B: **好的，請稍等。**
はい。少々お待ちください。
ha i. syou syou o ma chi ku da sa i.

mp3

重要詞匯

長靴	ブーツ	bu- tsu
鞋跟	かかと	ka ka to
運動鞋	運動靴（うんどうぐつ）	un dou gu tsu
鞋墊	インソール / 中敷き（なかじき）	in so- ru / na ka ji ki

常用短句

❶ **我想買雙長靴。**

ブーツを買（か）いたいんです。

bu- tsu o ka i ta in de su.

❷ **這雙鞋的鞋跟有點高。**

この靴（くつ）のかかとはちょっと高（たか）いです。

ko no ku tsu no ka ka to wa cyo tto ta ka i de su.

❸ **請給我那雙運動鞋。**

その運動靴（うんどうぐつ）をお願（ねが）いします。

so no un dou gu tsu o o ne ga i shi ma su.

❹ 有沒有皮鞋？

革靴がありますか。
<small>かわぐつ</small>

ka wa gu tsu ga a ri ma su ka.

❺ 有鞋墊嗎？

インソールがありますか。

in so- ru ga a ri ma su ka.

迷你會話

A: 這雙鞋有 28 碼的嗎？

この靴は 28センチのがありますか。
<small>くつ　にじゅうはっ</small>

ko no ku tsu wa ni jyuu ha ssen chi no ga a ri ma su ka.

B: 有，您試一下這雙。

はい。これを穿いてみてください。
<small>は</small>

ha i. ko re o ha i te mi te ku da sa i.

A: 有點緊。

ちょっときついですが。

cyo tto ki tsu i de su ga.

B: 那您再試一下這雙。

では、これを穿いてみてください。
<small>は</small>

de wa, ko re o ha i te mi te ku da sa i.

11 試身

mp3 ↑

重要詞匯

試穿	試着する しちゃく	shi cya ku su ru
試身室	試着室 しちゃくしつ	shi cya ku shi tsu
穿（上衣）	着る き	ki ru
穿（下衣）	穿く は	ha ku

常用短句

❶ 試穿一下可以嗎？
試着してもいいですか。
しちゃく
shi cya ku shi te mo i i de su ka.

❷ 我想試試這件衣服。
この服を着てみたいんです。
ふく き
ko no fu ku o ki te mi ta in de su.

❸ 這條褲子可以試穿嗎？
このズボンを穿いてみてもいいですか。
は
ko no zu bon o ha i te mi te mo i i de su ka.

❹　兩個試身室都可以用嗎？

二つの試着室はどっちでもいいですか。

fu ta tsu no shi cya ku shi tsu wa do cchi de mo i i de su ka.

❺　試身室在哪裡啊？

試着室はどこですか。

shi cya ku shi tsu wa do ko de su ka.

A:　我想試一下這件衣服。

この服を試着したいんですが。

ko no fu ku o shi cya ku shi ta in de su ga.

B:　好的，試身室在那邊。

はい。試着室はあそこです。

ha i. shi cya ku shi tsu wa a so ko de su.

A:　怎麼樣？

どうですか。

dou de su ka.

B:　嗯，不錯。

うん。なかなかいいですよ。

un. na ka na ka i i de su yo.

12 買化妝品

mp3

重要詞匯

化妝品	化粧品（けしょうひん）	ke syou hin
專櫃	コーナー	ko- na-
賣完	売り切れ（うきれ）	u ri ki re
評價	評価（ひょうか）	hyou ka

常用短句

❶ 我想買清單上的這些化妝品。
メモした化粧品を買いたいんです。
me mo shi ta ke syou hin o ka i ta in de su ga.

❷ 這個有大瓶的嗎？
これは大きいサイズのがありますか。
ko re wa oo kii sa i zu no ga a ri ma su ka.

❸ 這個有沒有其他顏色的？
これはほかの色がありますか。
ko re wa ho ka no i ro ga a ri ma su ka.

❹ 雪肌精專櫃在哪裡？

雪肌精コーナーはどこですか。
せっ き せい

se kki sei ko- na- wa do ko de su ka.

❺ 能推薦幾款比較好的商品嗎？

いい 商 品をいくつか推薦してくれませんか。
しょうひん　　　　　すいせん

i i syou hin o i ku tsu ka su i sen shi te ku re ma sen ka.

迷你會話

A: 我想買這個，能幫我找一下嗎？

これを買いたいんですが、探してくれませんか。
か　　　　　　　　さが

ko re o ka i ta i n de su ga, sa ga shi te ku re ma sen ka.

B: 好的，請稍等。這個已經斷貨了。

はい、少 々 お待ちください。これはもう売り切れなんで
しょうしょう　ま　　　　　　　　　　　う　き
すが。

ha i, syou syou o ma chi ku da sa i. ko re wa mou u ri ki re nan de su ga.

A: 有與這個效果相同的嗎？

これと同じ効果のものがありますか。
おな　こうか

ko re to o na ji kou ka no mo no ga a ri ma su ka.

B: 這個評價也不錯。

これは 評 判もいいですよ。
ひょうばん

ko re wa hyou ban mo i i de su yo.

重要詞匯

分開	分ける <small>わ</small>	wa ke ru
裝	詰める <small>つ</small>	tsu me ru
購入、採購	購入する <small>こうにゅう</small>	kou nyuu su ru
還	また	ma ta

常用短句

❶ 給我兩件這個。
これを二つお願いします。
ko re o fu ta tsu o ne ga i shi ma su.

❷ 請給我分開裝。
これを分けて詰めてください。
ko re o wa ke te tsu me te ku da sa i.

❸ 請給我一個這個。
これを一つください。
ko re o hi to tsu ku da sa i.

④ 這個還有嗎？

これはまだありますか。
ko re wa ma da a ri ma su ka.

⑤ 一共多少錢？

<ruby>全部<rt>ぜん ぶ</rt></ruby>でいくらになりますか。
zen bu de i ku ra ni na ri ma su ka.

迷你會話

A: 請給我拿這個。

これをください。
ko re o ku da sa i.

B: 歡迎光臨，一共 3 000 日元。

いらっしゃいませ。<ruby>全部<rt>ぜん ぶ</rt></ruby>で 3,000 <ruby>円<rt>えん</rt></ruby>です。
i ra ssya i ma se. zen bu de san zen en de su.

A: 好的，稍等。

はい、ちょっと<ruby>待<rt>ま</rt></ruby>ってください。
ha i, cyo tto ma tte ku da sa i.

14 刷卡支付

mp3

重要詞匯

信用卡	クレジットカード	ku re ji tto ka- do
密碼	パスワード	pa su wa- do
輸入	入力する	nyuu ryo ku su ru
刷卡	カードで支払う	ka- do de shi ha ra u

常用短句

❶ 付款可以刷卡嗎？
カードで払ってもいいですか。
ka- do de ha ra tte mo i i de su ka.

❷ 我想用信用卡付。
クレジットカードで支払いたいんです。
ku re ji tto ka- do de shi ha ra i ta in de su.

❸ 要手續費嗎？
手数料がいりますか。
te suu ryou ga i ri ma su ka.

④　這張信用卡能用嗎？

このクレジットカードは使えますか。
ko no ku re ji tto ka- do wa tsu ka e ma su ka.

⑤　請幫我刷卡。

カードで支払わせてください。
ka- do de shi ha ra wa se te ku da sa i.

A:　我用信用卡付。

クレジットカードで払います。
ku re ji tto ka- do de ha ra i ma su.

B:　好的。請輸入密碼。

はい。パスワードを入力してください。
ha i. pa su wa- do o nyuu ryo ku shi te ku da sa i.

A:　這樣可以了嗎？

これでいいですか。
ko re de i i de su ka.

B:　是的，已經可以了。

はい、結構です。
ha i, ke kkou de su.

15 現金支付

重要詞匯

現金	現金(げんきん)	gen kin
零錢	小銭(こぜに)	ko ze ni
萬	万(まん)	man
千	千(せん)	sen

常用短句

❶ 我要用現金支付。
現金(げんきん)で払(はら)います。
gen kin de ha ra i ma su.

❷ 這是 2 萬日元。
これは 2 万円(まんえん)です。
ko re wa ni man en de su.

❸ 一萬日元紙幣可以嗎？
一万円札(いちまんえんさつ)でいいですか。
i chi man en sa tsu de i i de su ka.

④ 我沒有零錢。
小銭<ruby>こぜに</ruby>がありません。
ko ze ni ga a ri ma sen.

⑤ 零錢可以嗎？
小銭<ruby>こぜに</ruby>でいいですか。
ko ze ni de i i de su ka.

迷你會話

A: 一共多少錢？
全部<ruby>ぜんぶ</ruby>でいくらですか。
zen bu de i ku ra de su ka.

B: 一共是 1 080 日元。
1,080 円です。
sen ha chi jyuu en de su.

A: 這是 2 000 日元。
これは 2 千円です。
ko re wa ni sen en de su.

16 禮品包裝

重要詞匯

包裝	包装する （ほうそう）	hou sou su ru
收費	有料 （ゆうりょう）	yuu ryou
免費	無料 （むりょう）	mu ryou
花（時間）	かかる	ka ka ru

常用短句

❶ 這個可以包裝一下嗎？

これを包装してくれませんか。
ko re o hou sou shi te ku re ma sen ka.

❷ 請給我把這件東西包裝一下。

これを包装してください。
ko re o hou sou shi te ku da sa i.

❸ 包裝收費嗎？

包装は有料ですか。
hou sou wa yuu ryou de su ka.

④ 包裝免費嗎？

包装は無料ですか。

hou sou wa mu ryou de su ka.

⑤ 包裝大約需要多久？

包装はいくらぐらいかかりますか。

hou sou wa i ku ra gu ra i ka ka ri ma su ka.

迷你會話

A: 這個能給我包裝一下嗎？

これを包装してくれませんか。

ko re o hou sou shi te ku re ma sen ka.

B: 好的，請稍等。

はい。少々お待ちください。

ha i. syou syou o ma chi ku da sa i.

A: 要等多久？

どのぐらいかかりますか。

do no gu ra i ka ka ri ma su ka.

B: 馬上就好。

すぐできます。

su gu de ki ma su.

17 退貨

重要詞匯

退貨	返品する (へんぴん)	hen pin su ru
完全	全然 (ぜんぜん)	zen zen
妻子	妻 (つま)	tsu ma
能、會	できる	de ki ru

常用短句

❶ 不好意思，我想退貨。

すみません。返品したいんです。(へんぴん)

su mi ma sen. hen pin shi ta in de su.

❷ 這件東西我太太不太喜歡。

これは妻があまり気に入らないんです。(つま)(き)(い)

ko re wa tsu ma ga a ma ri ki ni i ra na in de su.

❸ 現在還可以退貨嗎？

今、返品できますか。(いま)(へんぴん)

i ma, hen pin de ki ma su ka.

❹ 完全沒有使用過。

ぜんぜんつか
全然使っておりません。

zen zen tsu ka tte o ri ma sen.

❺ 幾天之內可以退貨？

なんにちかん　　　　へんぴん
何日間まで返品することができますか。

nan ni chi kan ma de hen pin su ru ko to ga de ki ma su ka.

迷你會話

A: 不好意思，這個我想退貨。

へんぴん
すみません、これを返品したいんですが。

su mi ma sen, ko re o hen pin shi ta in de su ga.

B: 可以給我看一下收據嗎？

りょうしゅうしょ　み
領収書を見せていただけませんか。

ryou syuu syo o mi se te i ta da ke ma sen ka.

A: 好的，這是收據。

はい、これです。

ha i, ko re de su.

B: 好的，這件貨品可以退貨。

しょうひん　へんぴん
はい。この商品は返品することができます。

ha i. ko no syou hin wa hen pin su ru ko to ga de ki ma su.

重要詞匯

換貨	こうかん 交換する	kou kan su ru
稍微	ちょっと	cyo tto
換	か 換える	ka e ru
做，進行	なさる	na sa ru

常用短句

❶ **這件貨可以換嗎？**
これを<ruby>交換<rt>こうかん</rt></ruby>してくれませんか。
ko re o kou kan shi te ku re ma sen ka.

❷ **我想換這件衣服。**
この<ruby>服<rt>ふく</rt></ruby>を<ruby>交換<rt>こうかん</rt></ruby>したいんです。
ko no fu ku o kou kan shi ta in de su.

❸ **我想換別的顏色。**
ほかの<ruby>色<rt>いろ</rt></ruby>に<ruby>換<rt>か</rt></ruby>えたいんです。
ho ka no i ro ni ka e ta in de su.

❹ 這個碼有點小，我想換一件大點的。

これはちょっと小さくて、少し大きいのと換えたいんです。

ko re wa cyo tto chi i sa ku te, su ko shi oo kii no to ka e ta in de su.

❺ 幾天之內可以退換？

何日間まで交換することができますか。

nan ni chi kan ma de kou kan su ru ko to ga de ki ma su ka.

迷你會話

A: 不好意思，這件貨可以換嗎？

すみませんが、これを交換してくれませんか。

su mi ma sen ga, ko re o kou kan shi te ku re ma sen ka.

B: 這個怎麼了？

これはどうなさいましたか。

ko re wa dou na sa i ma shi ta ka.

A: 我想換別的顏色。

ほかの色に換えたいんです。

ho ka no i ro ni ka e ta in de su.

B: 好的，請稍等。

はい。少々お待ちください。

ha i. syou syou o ma chi ku da sa i.

mp3 ↑

重要詞彙

保養	修理を保証する しゅうり ほしょう	syuu ri o ho syou su ru
保養期	保証期間 ほしょうきかん	ho syou ki kan
延長	延ばす の	no ba su
本機	本体 ほんたい	hon ta i

常用短句

❶ 保養時間有多長？

どのぐらい修理を保証することができますか。
しゅうり ほしょう

do no gu ra i syuu ri o ho syou su ru ko to ga de ki ma su ka.

❷ 保養期到什麼時候為止？

保証期間はいつまでですか。
ほしょうきかん

ho syou ki kan wa i tsu ma de de su ka.

❸ 這個的保養期是兩年嗎？

これの保証期間は二年間ですか。
ほしょうきかん　にねんかん

ko re no ho syou ki kan wa ni nen kan de su ka.

❹ **本機的保養期是多長時間？**
ほんたい ほ しょう き かん
本体の保証期間はどれぐらいですか。
hon ta i no ho syou ki kan wa do re gu ra i de su ka.

❺ **保養期可以延長嗎？**
ほ しょう き かん の
保証期間を延ばすことができますか。
ho syou ki kan o no ba su ko to ga de ki ma su ka.

迷你會話

A: **請問這個的保養期是多長時間？**
ほ しょう き かん
すみませんが、これの保証期間はどれぐらいですか。
su mi ma sen ga, ko re no ho syou ki kan wa do re gu ra i de su ka.

B: **是兩年。**
に ねんかん
二年間でございます。
ni nen kan de go za i ma su.

A: **可以延長保養期嗎？**
ほ しょう き かん の
保証期間を延ばすことができますか。
ho syou ki kan o no ba su ko to ga de ki ma su ka.

B: **不好意思，這個不可以延長。**
もう わけ の
申し訳ございませんが、延ばすことはできません。
mou shi wa ke go za i ma sen ga, no ba su ko to wa de ki ma sen.

重要詞匯

送貨上門	宅配便 たくはいびん	ta ku ha i bin
遞送	届ける とど	to do ke ru
地址	住所 じゅう しょ	jyuu syo
家	家 いえ	i e

常用短句

❶ 有送貨上門服務嗎？
宅配便サービスがありますか。
たくはいびん
ta ku ha i bin sa- bi su ga a ri ma su ka.

❷ 能送到我家嗎？
家まで届けてくれませんか。
いえ　　とど
i e ma de to do ke te ku re ma sen ka.

❸ 今天能送到嗎？
今日、届きますか。
きょう　とど
kyou, to do ki ma su ka.

❹ **大約多久可以送到我家？**

家までどれぐらいかかりますか。

i e ma de do re gu ra i ka ka ri ma su ka.

❺ **這個有點重，能送貨嗎？**

これはちょっと重いので、届けてくれませんか。

ko re wa cyo tto o mo i no de, to do ke te ku re ma sen ka.

迷你會話

A: **這個太大了，能送到我家嗎？**

これは大きすぎるので、家まで届けていただけませんか。

ko re wa oo ki su gi ru no de, i e ma de to do ke te i ta da ke ma sen ka.

B: **好的，請在這裡寫下您的地址。**

はい。ここに住所を書いてください。

ha i. ko ko ni jyuu syo o ka i te ku da sa i.

A: **好，大約什麼時候能送到？**

はい。だいたいいつ届きますか。

ha i. da i ta i i tsu to do ki ma su ka.

B: **我估計明天就能到。**

明日は届けられると思います。

a shi ta wa to do ke ra re ru to o mo i ma su.

▶ 在旅遊景點　01 詢問景點營業時間

重要詞匯

開始	始まる はじ	ha ji ma ru
結束	終わる お	o wa ru
週末	週末 しゅうまつ	syuu ma tsu
營業時間	営業時間 えいぎょう じ かん	ei gyou ji kan

常用短句

❶ 這裡幾點開門？

ここはいつから始まりますか。
ko ko wa i tsu ka ra ha ji ma ri ma su ka.

❷ 這裡幾點關門？

ここは何時に終わりますか。
ko ko wa nan ji ni o wa ri ma su ka.

❸ 週末也照常營業嗎？

週末もいつものとおり営業しますか。
syuu ma tsu mo i tsu mo no to o ri ei gyou shi ma su ka.

❹ 週末和平日的營業時間一樣嗎？

週末は平日の営業時間と同じですか。
しゅうまつ　へいじつ　えいぎょうじかん　おな

syuu ma tsu wa hei ji tsu no ei gyou ji kan to o na ji de su ka.

❺ 逢星期幾休息？

毎週何曜日が休みですか。
まいしゅうなんようび　　やす

ma i syuu nan you bi ga ya su mi de su ka.

A: 請問這裡幾點開門？

すみませんが、ここは何時からですか。
なんじ

su mi ma sen ga, ko ko wa nan ji ka ra de su ka.

B: 上午 8 點。

午前 8 時からです。
ごぜんはちじ

go zen ha chi ji ka ra de su.

A: 下午幾點結束？

午後は何時までですか。
ごご　　いつ

go go wa i tsu ma de de su ka.

B: 下午 6 點。

午後は 6 時までです。
ごご　ろくじ

go go wa ro ku ji ma de de su.

重要詞匯

門票	入場券 (にゅう じょうけん)	nyuu jyou ken
小孩	子供 (こ ども)	ko do mo
老人	年寄 (としより)	to shi yo ri
也	も	mo

常用短句

❶ **要買門票嗎？**
入場券が要りますか。
(にゅうじょうけん　い)
nyuu jyou ken ga i ri ma su ka.

❷ **這裡收費嗎？**
ここは有料ですか。
(ゆうりょう)
ko ko wa yuu ryou de su ka.

❸ **這裡不是免費的嗎？**
ここは無料じゃないですか。
(むりょう)
ko ko wa mu ryou jya na i de su ka.

④ 老人也要買票嗎？
年寄も 入 場 券を買わなければなりませんか。
to shi yo ri mo nyuu jyou ken o ka wa na ke re ba na ri ma sen ka.

⑤ 兒童也要買票嗎？
子供も 入 場 券を買わなければなりませんか。
ko do mo mo nyuu jyou ken o ka wa na ke re ba na ri ma sen ka.

迷你會話

A: 請問這裡要買門票嗎？
すみませんが、ここは 入 場 券が要りますか。
su mi ma sen ga, ko ko wa nyuu jyou ken ga i ri ma su ka.

B: 是的，不過老人和兒童可以免費。
はい。でも、年寄や子供は無 料 です。
ha i. de mo, to shi yo ri ya ko do mo wa mu ryou de su.

A: 好的，知道了。謝謝！
はい、分かりました。ありがとう。
ha i, wa ka ri ma shi ta. a ri ga tou.

03 買門票

重要詞匯

成人	大人 <ruby>おとな</ruby>	o to na
兒童	子供 <ruby>こども</ruby>	ko do mo
團體票	団体券 <ruby>だんたいけん</ruby>	dan ta i ken
入場票	チケット	chi ke tto

常用短句

❶ 成人票多少錢？
大人のチケットはいくらですか。
o to na no chi ke tto wa i ku ra de su ka.

❷ 兒童票多少錢？
子供のチケットはいくらですか。
ko do mo no chi ke tto wa i ku ra de su ka.

❸ 給我一張成人票。
大人のチケットを一枚お願いします。
o to na no chi ke tto o i chi ma i o ne ga i shi ma su.

❹ 買兩張兒童票。
子供のチケットを二枚お願いします。
ko do mo no chi ke tto o ni ma i o ne ga i shi ma su.

❺ 有團體票嗎？
団体券がありますか。
dan ta i ken ga a ri ma su ka.

迷你會話

A: 請給我兩張成人票和一張兒童票。
大人のチケット２枚、子供のチケット１枚をください。
o to na no chi ke tto ni ma i, ko do mo no chi ke tto i chi ma i o ku da sa i.

B: 好的，請您稍等。總共 2 500 日元。
はい。少々お待ちください。2,500 円でございます。
ha i. syou syou o ma chi ku da sa i. ni sen go hya ku en de go za i ma su.

A: 好的，謝謝。
はい。ありがとうございます。
ha i. a ri ga tou go za i ma su.

04 詢問景點出口在哪裡

重要詞匯

出口	出口（でぐち）	de gu chi
公園	公園（こうえん）	kou en
找到	見（み）つかる	mi tsu ka ru
沿	沿（そ）う	so u

常用短句

❶ 出口在哪裡？
出口（でぐち）はどこですか。
de gu chi wa do ko de su ka.

❷ 出口怎麼走？
出口（でぐち）までどうやって行（い）けばいいですか。
de gu chi ma de dou ya tte i ke ba i i de su ka.

❸ 公園有幾個出口？
公園（こうえん）には出口（でぐち）がいくつありますか。
kou en ni wa de gu chi ga i ku tsu a ri ma su ka.

❹ 能告訴我出口在哪兒嗎？

出口はどこかを教えてくれませんか。

de gu chi wa do ko ka o o shi e te ku re ma sen ka.

❺ 我找不到出口了。

出口が見つからないんです。

de gu chi ga mi tsu ka ra na in de su.

迷你會話

A: 請問出口怎麼走？

すみませんが、出口までどうやって行けばいいですか。

su mi ma sen ga, de gu chi ma de dou ya tte i ke ba i i de su ka.

B: 沿這條路一直往前走就是了。

この道に沿って、まっすぐ行けばすぐ見えます。

ko no mi chi ni so tte, ma ssu gu i ke ba su gu mi e ma su.

A: 好的，謝謝。

はい。ありがとうございます。

ha i. a ri ga tou go za i ma su.

mp3

重要詞匯

廁所	トイレ	to i re
洗手間	お手洗い	o te a ra i
附近	近く	chi ka ku
建築物	建物	ta te mo no

常用短句

❶ 廁所在哪裡？

トイレはどこですか。
to i re wa do ko de su ka.

❷ 去廁所怎麼走？

トイレはどうやって行けばいいですか。
to i re wa dou ya tte i ke ba i i de su ka.

❸ 公園裡有洗手間嗎？

公園にはお手洗いがありますか。
kou en ni wa o te a ra i ga a ri ma su ka.

❹ 這附近有洗手間嗎？

近<ruby>ちか</ruby>くにお<ruby>て あら</ruby>手洗いがありますか。

chi ka ku ni o te a ra i ga a ri ma su ka.

❺ 我想去趟廁所，可是找不到在哪裡。

トイレに<ruby>い</ruby>行きたいんですが、なかなか<ruby>み</ruby>見つかりません。

to i re ni i ki ta in de su ga, na ka na ka mi tsu ka ri ma sen.

迷你會話

A: 請問這附近有洗手間嗎？

すみませんが、近<ruby>ちか</ruby>くにお<ruby>て あら</ruby>手洗いがありますか。

su mi ma sen ga, chi ka ku ni o te a ra i ga a ri ma su ka.

B: 在那幢房子的後面。

あの<ruby>たてもの</ruby>建物の<ruby>うし</ruby>後ろにあります。

a no ta te mo no no u shi ro ni a ri ma su.

A: 好的，謝謝。

はい。ありがとうございます。

ha i. a ri ga tou go za i ma su.

06 拜託他人拍照

重要詞匯

照片	写真 (しゃしん)	sya shin
拍（照）	撮る (と)	to ru
背景	バック	ba kku
快門	シャッター	sya tta-

常用短句

❶ 能幫我們拍張照片嗎？
写真 (しゃしん) を撮 (と) ってもらえませんか。
sya shin o to tte mo ra e ma sen ka.

❷ 幫我們拍張照片可以嗎？
シャッターを押 (お) していただけませんか。
sya tta- o o shi te i ta da ke ma sen ka.

❸ 請以這個為背景。
これをバックにして、お願 (ねが) いします。
ko re o ba kku ni shi te, o ne ga i shi ma su.

4 把這個全部照進去。

これが全部入るように、お願いします。

ko re ga zen bu ha i ru you ni, o ne ga i shi ma su.

5 再拍一張可以嗎？

もう一回、お願いします。

mou i kka i, o ne ga i shi ma su.

迷你會話

A: 不好意思，打擾一下。幫我們拍張照片可以嗎？

ちょっとすみませんが、シャッターを押していただけませんか。

cyo tto su mi ma sen ga, sya tta- o o shi te i ta da ke ma sen ka.

B: 好的。開始了啊。

はい。行きますよ。

ha i, i ki ma su yo.

A: 茄子。

チーズ。

chi- zu.

mp3 ↑

重要詞匯

手信	お土産 (みやげ)	o mi ya ge
專賣店	専門店 (せんもんてん)	sen mon ten
有名	有名 (ゆうめい)	yuu mei
貴	高い (たか)	ta ka i

常用短句

❶ 我想買點手信。
お土産を買いたいんです。
o mi ya ge o ka i ta in de su.

❷ 這裡有什麼手信？
ここのお土産は何がありますか。
ko ko no o mi ya ge wa na ni ga a ri ma su ka.

❸ 有手信專賣店嗎？
お土産の専門店がありますか。
o mi ya ge no sen mon ten ga a ri ma su ka.

❹ **有沒有什麼推薦的手信？**

何_{なに}かお勧_{すす}めのお土産_{みやげ}がありますか。

na ni ka o su su me no o mi ya ge ga a ri ma su ka.

❺ **當地什麼最有名？**

地元_{じもと}で何_{なに}が一番有名_{いちばんゆうめい}ですか。

ji mo to de na ni ga i chi ban yuu mei de su ka.

迷你會話

A: **我想買點手信，什麼比較好？**

お土産_{みやげ}を買_かいたいんですが、何_{なに}がいいですか。

o mi ya ge o ka i ta in de su ga, na ni ga i i de su ka.

B: **您看一下這個怎麼樣？**

これはいかがでしょうか。

ko re wa i ka ga de syou ka.

A: **嗯，有點貴。有沒有稍微便宜點的？**

そうですね。ちょっと高_{たか}いです。少_{すこ}し安_{やす}いのがありますか。

sou de su ne. cyo tto ta ka i de su. su ko shi ya su i no ga a ri ma su ka.

B: **這個也不錯。**

これもいいですよ。

ko re mo i i de su yo.

08 購買手信

mp3 ↑

重要詞匯

套	セット	se tto
打開	開ける	a ke ru
禮物	プレゼント	pu re zen to
不同	違う	chi ga u

常用短句

❶ 這個多少錢？

これはいくらですか。
ko re wa i ku ra de su ka.

❷ 請給我兩個這個。

これを二つください。
ko re o fu ta tsu ku da sa i.

❸ 這是一套的嗎？

これはセットですか。
ko re wa se tto de su ka.

4 我可以打開看看嗎？

<ruby>開<rt>あ</rt></ruby>けてみてもいいですか。

a ke te mi te mo i i de su ka.

5 我要當作禮物，請幫我包裝。

プレゼントにするので、<ruby>包装<rt>ほうそう</rt></ruby>してください。

pu re zen to ni su ru no de, hou sou shi te ku da sa i.

迷你會話

A: 請給我四個這個。

これを<ruby>四<rt>よっ</rt></ruby>つください。

ko re o yo ttsu ku da sa i.

B: 顏色不同也可以嗎？

<ruby>色<rt>いろ</rt></ruby>が<ruby>違<rt>ちが</rt></ruby>っても<ruby>大丈夫<rt>だいじょうぶ</rt></ruby>でしょうか。

i ro ga chi ga tte mo da i jyou bu de syou ka.

A: 嗯，沒關係。

はい。<ruby>大丈夫<rt>だいじょうぶ</rt></ruby>です。

ha i. da i jyou bu de su.

09 詢問下一個景點怎麼去

mp3

重要詞匯

景點	観光スポット （かんこう）	kan kou su po tto
穿過	通り抜ける （とお）（ぬ）	to o ri nu ke ru
樹林	林 （はやし）	ha ya shi
能看見	見える （み）	mi e ru

常用短句

❶ 這個景點怎麼走？

この観光（かんこう）スポットはどうやって行（い）けばいいですか。

ko no kan kou su po tto wa dou ya tte i ke ba i i de su ka.

❷ 能告訴我這個地方怎麼去嗎？

ここはどう行（い）けばいいかを教（おし）えてくれませんか。

ko ko wa dou i ke ba i i ka o o shi e te ku re ma sen ka.

❸ 我想去這裡。

ここへ行（い）きたいんです。

ko ko e i ki ta in de su.

❹ （地圖上）從這裡能到這裡嗎？

ここからここへ行けますか。
ko ko ka ra ko ko e i ke ma su ka.

❺ 從這裡能穿過去嗎？

ここを通り抜けることができますか。
ko ko o to o ri nu ke ru ko to ga de ki ma su ka.

迷你會話

A: 請問這個景點怎麼去？

すみませんが、この観光スポットはどう行けばいいですか。
su mi ma sen ga, ko no kan kou su po tto wa dou i ke ba i i de su ka.

B: 穿過前面的林子就能看到了。

前の林を通り抜けると、すぐ見えるようになります。
ma e no ha ya shi o to o ri nu ke ru to, su gu mi e ru you ni na ri ma su.

A: 好的，謝謝。

はい。ありがとうございます。
ha i. a ri ga tou go za i ma su.

mp3 ↑

重要詞匯

丟失	無くなる（な）	na ku na ru
弄丟	無くす（な）	na ku su
錢包	財布（さいふ）	sa i fu
這一帶	この辺（へん）	ko no hen

常用短句

❶ **我的手機不見了。**
私（わたし）の携帯電話（けいたいでんわ）が無（な）くなりました。
wa ta shi no kei ta i den wa ga na ku na ri ma shi ta.

❷ **我把手袋弄丟了。**
カバンを無（な）くしてしまいました。
ka ban o na ku shi te shi ma i ma shi ta.

❸ **有看到我的袋嗎？**
私（わたし）のバッグを見（み）ましたか。
wa ta shi no ba ggu o mi ma shi ta ka.

❹ 能幫我找一下我的袋嗎？

私のバッグをさがしてくれませんか。
wa ta shi no ba ggu o sa ga shi te ku re ma sen ka.

❺ 可能是在這一帶不見的。

この辺で落としたかもしれません。
ko no hen de o to shi ta ka mo shi re ma sen.

迷你會話

A: 我把錢包弄丟了，能幫我找一下嗎？

財布を無くしてしまいました。探していただけませんか。
sa i fu o na ku shi te shi ma i ma shi ta. sa ga shi te i ta da ke ma sen ka.

B: 在哪裡不見的呢？

どの辺で落としましたか。
do no hen de o to shi ma shi ta ka.

A: 我覺得就在這一帶。

この辺だと思います。
ko no hen da to o mo i ma su.

▶ 緊 急 情 況

01 迷路

mp3 ↑

重要詞匯

迷路	道に迷う	mi chi ni ma yo u
小孩	子	ko
走失	迷子	ma i go
十字路口	十字路	jyuu ji ro

常用短句

❶ 我好像迷路了。
　私 は道に迷ったみたいです。
　wa ta shi wa mi chi ni ma yo tta mi ta i de su.

❷ 我現在在哪兒？
　私 は今どこにいますか。
　wa ta shi wa i ma do ko ni i ma su ka.

❸ 這裡是不是東京站？
　ここは東 京 駅ですか。
　ko ko wa tou kyou e ki de su ka.

❹ 我好像走錯了路。

<ruby>道<rt>みち</rt></ruby>を<ruby>間違<rt>まちが</rt></ruby>えたみたいです。

mi chi o ma chi ga e ta mi ta i de su.

❺ 這小孩好像迷路了。

この<ruby>子<rt>こ</rt></ruby>は<ruby>迷子<rt>まいご</rt></ruby>になったみたいです。

ko no ko wa ma i go ni na tta mi ta i de su.

迷你會話

A: 我好像迷路了，這裡是銀座嗎？

<ruby>道<rt>みち</rt></ruby>に<ruby>迷<rt>まよ</rt></ruby>ったみたいですが、ここは<ruby>銀座<rt>ぎんざ</rt></ruby>ですか。

mi chi ni ma yo tta mi ta i de su ga, ko ko wa gin za de su ka.

B: 不是，不過銀座就在附近。

<ruby>違<rt>ちが</rt></ruby>いますが、<ruby>銀座<rt>ぎんざ</rt></ruby>はこの<ruby>近<rt>ちか</rt></ruby>くですよ。

chi ga i ma su ga, gin za wa ko no chi ka ku de su yo.

A: 那該怎麼去呢。

どう<ruby>行<rt>い</rt></ruby>けばいいですか。

dou i ke ba i i de su ka.

B: 前面十字路口向右拐就是了。

<ruby>前<rt>まえ</rt></ruby>の<ruby>十字路<rt>じゅうじろ</rt></ruby>を<ruby>右<rt>みぎ</rt></ruby>に<ruby>曲<rt>ま</rt></ruby>がってすぐです。

ma e no jyuu ji ro o mi gi ni ma ga tte su gu de su.

02 聽不懂日語

重要詞匯

說	話す <small>はな</small>	ha na su
聽懂	聞き取る <small>き と</small>	ki ki to ru
日語	日本語 <small>に ほん ご</small>	ni hon go
意思	意味 <small>い み</small>	i mi

常用短句

❶ **我不會說日語。**
私 は日本語ができません。
<small>わたし に ほん ご</small>
wa ta shi wa ni hon go ga de ki ma sen.

❷ **我聽不懂。**
聞き取れないんです。
<small>き と</small>
ki ki to re na in de su.

❸ **你會說英語嗎？**
英語ができますか。
<small>えい ご</small>
ei go ga de ki ma su ka.

❹ **你能寫一下嗎？**

書いてもいいですか。

ka i te mo i i de su ka.

❺ **有會說中文的人嗎？**

中国語ができる人はいますか。

cyuu go ku go ga de ki ru hi to wa i ma su ka.

迷你會話

A: **不好意思，我不明白你的意思。**

すみません。意味が分かりませんが。

su mi ma sen. i mi ga wa ka ri ma sen ga.

B: **你會說英語嗎？**

英語ができますか。

ei go ga de ki ma su ka.

A: **會，英語可以。**

はい。英語は大丈夫です。

ha i. ei go wa da i jyou bu de su.

03 坐錯車

重要詞匯

錯、錯誤	間違う（まちが）	ma chi ga u
下（車）	降りる（お）	o ri ru
相反	逆（ぎゃく）	gya ku
方向	方向（ほうこう）	hou kou

常用短句

❶ 我坐錯車了，請讓我下車。
乗り間違えたので、降ろしてください。
no ri ma chi ga e ta no de, o ro shi te ku da sa i.

❷ 坐錯車了，我該怎麼辦？
乗り間違えてしまったので、どうすればいいですか。
no ri ma chi ga e te shi ma ttta no de, dou su re ba i i de su ka.

❸ 坐錯車了，能讓我在這裡下嗎？
乗り間違えたので、ここで降ろしていただけませんか。
no ri ma chi ga e ta no de, ko ko de o ro shi te i ta da ke ma sen ka.

❹　**怎樣才能回到原來的地方？**
どうすれば元に戻れますか。
dou su re ba mo to ni mo do re ma su ka.

❺　**我坐反方向了。**
逆方向に來てしまいました。
gya ku hou kou ni ki te shi ma i ma shi ta.

迷你會話

A:　**坐錯車了，我想下車。**
乗り間違えてしまいました。降りたいです。
no ri ma chi ga e te shi ma i ma shi ta. o ri ta i de su.

B:　**這裡不能停車，下一站可以嗎？**
ここは止められないので、次の駅でいかがでしょうか。
ko ko wa to me ra re na i no de, tsu gi no e ki de i ka ga de syou ka.

A:　**好的，拜託了。**
はい、お願いします。
ha i, o ne ga i shi ma su.

04 尋求幫助

mp3 ↑

重要詞匯

幫助	手伝う （てつだ）	te tsu da u
郵局	郵便局 （ゆうびん きょく）	yuu bin kyo ku
翻譯	訳す （やく）	ya ku su
郵件	メール	me- ru

常用短句

❶ 能幫我一下嗎？
ちょっと手伝（てつだ）ってくれませんか。
cyo tto te tsu da tte ku re ma sen ka.

❷ 能給我打散這些錢嗎？
この札（さつ）をくずしてもらえませんか。
ko no sa tsu o ku zu shi te mo ra e ma sen ka.

❸ 能帶我去銀行嗎？
銀行（ぎんこう）まで連（つ）れて行（い）っていただけませんか。
gin kou ma de tsu re te i tte i ta da ke ma sen ka.

❹ 能帶我去郵局嗎？
郵便局まで連れて行っていただけませんか。
yuu bin kyo ku ma de tsu re te i tte i ta da ke ma sen ka.

❺ 能幫我翻譯一下這封郵件嗎？
このメールを訳してくれませんか。
ko no me- ru o ya ku shi te ku re ma sen ka.

迷你會話

A: 能幫我把門打開嗎？
ドアを開けてもらえませんか。
do a o a ke te mo ra e ma sen ka.

B: 是這間嗎？
この部屋ですか。
ko no he ya de su ka.

A: 對的。謝謝。
はい、ありがとうございます。
ha i, a ri ga tou go za i ma su.

05 請求原諒

mp3 ↑

重要詞匯

打擾	邪魔する （じゃま）	jya ma su ru
生氣	怒る （おこ）	o ko ru
注意	気を付ける （き）（つ）	ki o tsu ke ru
原諒	許す （ゆる）	yu ru su

常用短句

❶ 不好意思，打擾了。

すみません、お邪魔しました。
su mi ma sen, o jya ma shi ma shi ta.

❷ 是我不對。

私のせいです。
（わたし）
wa ta shi no sei de su.

❸ 請您不要生氣。

怒らないでください。
（おこ）
o ko ra na i de ku da sa i.

❹ 下次我一定注意。
これから、気を付けます。
ko re ka ra, ki o tsu ke ma su.

❺ 希望您能原諒我。
許してほしいです。
yu ru shi te ho shii de su.

迷你會話

A: 對不起，我不是故意的。
申し訳ありません。わざとではないんですが。
mou shi wa ke a ri ma sen. wa za to de wa na in de su ga.

B: 沒關係，也不是什麼大事。
いいえ、どういたしまして。大したことじゃありません。
ii e, dou i ta shi ma shi te. ta i shi ta ko to jya a ri ma sen.

A: 真的不好意思。
本当にすみません。
hon tou ni su mi ma sen.

06 交通意外

重要詞匯

交通意外	交通事故こうつうじこ	kou tsuu ji ko
捲入	巻き込む まきこ	ma ki ko mu
撞	ぶつかる	bu tsu ka ru
馬上	早速さっそく	sa sso ku

常用短句

❶ **前面發生了交通意外。**
前方ぜんぽうで、交通事故こうつうじこがありました。
zen pou de, kou tsuu ji ko ga a ri ma shi ta.

❷ **我遇到交通意外了。**
交通事故こうつうじこに巻き込まきこまれました。
kou tsuu ji ko ni ma ki ko ma re ma shi ta.

❸ **發生了交通意外,該怎麼辦?**
交通事故こうつうじこが起おこってしまいました。どうすればいいですか。
kou tsuu ji ko ga o ko tte shi ma i ma shi ta. dou su re ba i i de su ka.

❹ **我被車撞了。**
くるま
車 にぶつけられました。
ku ru ma ni bu tsu ke ra re ma shi ta.

❺ **我的腿受傷了。**
あし
脚をけがしました。
a shi o ke ga shi ma shi ta.

迷你會話

A: **剛才我被車撞了。**

さっき、バスにぶつけられました。
sa kki, ba su ni bu tsu ke ra re ma shi ta.

B: **你現在在哪兒？**
いま
今どこですか。
i ma do ko de su ka.

A: **在醫院呢。**
びょういん　はこ
病 院に運ばれました。
byou in ni ha ko ba re ma shi ta.

B: **我馬上過去。**
さっそく い
早速行きます。
sa sso ku i ki ma su.

mp3

重要詞匯

警察局	警察署 (けいさつしょ)	kei sa tsu syo
偷	盗む (ぬす)	nu su mu
事情	用事 (ようじ)	you ji
登記	登録する (とうろく)	tou ro ku su ru

常用短句

❶ **警察局的電話號碼是多少？**
警察署の電話番号は何番ですか。 (けいさつしょ　でんわばんごう　なんばん)
kei sa tsu syo no den wa ban gou wa nan ban de su ka.

❷ **請問是警察局嗎？**
警察署ですか。 (けいさつしょ)
kei sa tsu syo de su ka.

❸ **我的錢包被人偷了。**
私の財布が盗まれました。 (わたし　さいふ　ぬす)
wa ta shi no sa i fu ga nu su ma re ma shi ta.

❹ 我們的孩子不見了。
うちの子が見えなくなりました。
u chi no ko ga mi e na ku na ri ma shi ta.

❺ 我的護照不見了，怎麼辦？
パスポートを落としてしまいました。どうすればいいですか。
pa su po- to o o to shi te shi ma i ma shi ta. dou su re ba i i de su ka.

迷你會話

A: 這裡是警察局嗎？
ここは警察署ですか。
ko ko wa kei sa tsu syo de su ka.

B: 是的，您有什麼事情？
はい。何の御用でしょうか。
ha i. nan no go you de syou ka.

A: 我的護照不見了，怎麼辦？
パスポートが無くなりました。どうすればいいですか。
pa su po- to ga na ku na ri ma shi ta. dou su re ba i i de su ka.

B: 請先登記一下。
まず、ここに登録してください。
ma zu, ko ko ni tou ro ku shi te ku da sa i.

08 在醫院

重要詞匯

狀況	具合（ぐあい）	gu a i
感冒	風邪（かぜ）	ka ze
食慾	食欲（しょくよく）	syo ku yo ku
注射、打針	注射する（ちゅうしゃ）	cyuu sya su ru

常用短句

❶ 身體有點不舒服。
体の具合がちょっと悪いです。
ka ra da no gu a i ga cyo tto wa ru i de su.

❷ 好像是感冒了。
風邪を引いたみたいです。
ka ze o hi i ta mi ta i de su.

❸ 最近沒什麼食慾。
最近、あまり食欲がありません。
sa i kin, a ma ri syo ku yo ku ga a ri ma sen.

❹ 能給我打針嗎？
ちゅうしゃ
注射をしてくれませんか。
cyuu sya o shi te ku re ma sen ka.

❺ 我只想拿點藥。
くすり
薬をもらいたいだけです。
ku su ri o mo ra i ta i da ke de su.

迷你會話

A: 頭有點痛，還發燒了。
あたま　　いた　　　　　ねつ
頭が痛くて、熱があります。
a ta ma ga i ta ku te, ne tsu ga a ri ma su.

B: 這是感冒啊。我給你開點藥吧。
か　ぜ　　　　　　　　くすり　だ
風邪ですね。薬を出しましょう。
ka ze de su ne. ku su ri o da shi ma syou.

A: 謝謝。
ありがとうございました。
a ri ga tou go za i ma shi ta.

09 藥店買藥

重要詞匯

感冒藥	風邪薬 （かぜぐすり）	ka ze gu su ri
拉肚子	下痢する（げり）	ge ri su ru
過敏	アレルギー	a re ru gi-
咳嗽	咳（せき）	se ki

常用短句

❶ 我要買這些藥。
この薬（くすり）を買（か）いたいんです。
ko no ku su ri o ka i ta in de su ga.

❷ 有感冒藥嗎？
風邪薬（かぜぐすり）がありますか。
ka ze gu su ri ga a ri ma su ka.

❸ 我拉肚子，吃什麼藥比較好？
下痢（げり）をしていますので、何（なん）の薬（くすり）を飲（の）めばいいですか。
ge ri o shi te i ma su no de, nan no ku su ri o no me ba i i de su ka.

④ 飯前吃還是飯後吃？

食事の前に飲みますか。食事の後に飲みますか。

syo ku ji no ma e ni no mi ma su ka. syo ku ji no a to ni no mi ma su ka.

⑤ 我對一些藥過敏。

私は薬アレルギーがあります。

wa ta shi wa ku su ri a re ru gi- ga a ri ma su.

迷你會話

A: 我想買點感冒藥。

風邪薬を買いたいんですが。

ka ze gu su ri o ka i ta in de su ga.

B: 發燒嗎？

熱がありますか。

ne tsu ga a ri ma su ka.

A: 有點，咳得很厲害。

少しありますが、咳がすごいです。

su ko shi a ri ma su ga, se ki ga su go i de su.

B: 吃完這個，好好休息一下。

これを飲んでから、ゆっくり休んでください。

ko re o non de ka ra, yu kku ri ya sun de ku da sa i.

重要詞匯

地震	地震（じしん）	ji shin
逃	逃げる（に）	ni ge ru
趴下	伏せる（ふ）	fu se ru
停下	止まる（と）	to ma ru

常用短句

❶ 啊，地震！
あっ、地震（じしん）だ！
a, ji shin da!

❷ 快逃！
逃（に）げろ。
ni ge ro.

❸ 現在該怎麼辦？
今（いま）どうすればいいですか。
i ma dou su re ba i i de su ka.

❹ **又開始了。**
また始まりました。
ma ta ha ji ma ri ma shi ta.

❺ **快趴下。**
はやく伏せろ。
ha ya ku fu se ro.

迷你會話

A: **啊，地震了！**
あっ、地震だ！
a, ji shin da!

B: **快逃！**
逃げろ。
ni ge ro.

A: **現在不行，等到停了才逃吧。**
今はダメ。止むまで待って。
i ma wa da me. ya mu ma de ma te.

B: **快趴下。**
はやく伏せろ。
ha ya ku fu se ro.

Part 3

最常用的旅遊詞匯

mp3

單車	じてんしゃ 自転車	ji ten sya
電動單車	でんどうじてんしゃ 電動自転車	den dou ji ten sya
汽車	くるま 車	ku ru ma
汽車	じどうしゃ 自動車	ji dou sya
電單車	オートバイ	o- to bai
巴士	バス	ba su
小巴	マイクロバス	ma i ku ro ba su
無軌電車	トロリーバス	to ro ri- ba su
高速巴士	こうそく 高速バス	kou so ku ba su
夜行巴士	やこう 夜行バス	ya kou ba su
觀光巴士	かんこう 観光バス	kan kou ba su
校車	スクールバス	su ku- ru ba su
的士	タクシー	ta ku shi-
轎車	じょうようしゃ 乗用車	jyou you sya
私家車	じかようしゃ 自家用車	ji ka you sya
小型汽車	けいじどうしゃ 軽自動車	kei ji dou sya
電車	でんしゃ 電車	den sya
單軌電車	モノレール	mo no re- ru
地鐵	ちかてつ 地下鉄	chi ka te tsu
新幹線	しんかんせん 新幹線	shin kan sen

快車	<ruby>急<rt>きゅう</rt></ruby><ruby>行<rt>こう</rt></ruby>	kyuu kou
臥鋪列車	<ruby>寝<rt>しん</rt></ruby><ruby>台<rt>だい</rt></ruby><ruby>車<rt>しゃ</rt></ruby>	shin dai sya
餐車	<ruby>食<rt>しょく</rt></ruby><ruby>堂<rt>どう</rt></ruby><ruby>車<rt>しゃ</rt></ruby>	syo ku dou sya
特快	<ruby>特<rt>とっ</rt></ruby><ruby>急<rt>きゅう</rt></ruby>	to kkyuu
火車	<ruby>汽<rt>き</rt></ruby><ruby>車<rt>しゃ</rt></ruby>	ki sya
磁浮列車	リニア・モーターカー	ri ni a mo- ta- ka-
廂式轎車	ワンボックスカー	wan bo kku su ka-
吉普車	ジープ	ji- pu
賽車	スポーツカー	su po- tsu ka-
貨車	トラック	to ra kku
自動波車	オートマチック<ruby>車<rt>しゃ</rt></ruby>	o- to ma chi kku sya
棍波車	マニュアル<ruby>車<rt>しゃ</rt></ruby>	ma nyu a ru sya
船	<ruby>船<rt>ふね</rt></ruby>	fu ne
渡輪	フェリー	fe ri-
觀光船	<ruby>遊<rt>ゆう</rt></ruby><ruby>覧<rt>らん</rt></ruby><ruby>船<rt>せん</rt></ruby>	yuu ran sen
貨船	<ruby>貨<rt>か</rt></ruby><ruby>物<rt>もつ</rt></ruby><ruby>船<rt>せん</rt></ruby>	ka mo tsu sen
遊輪	タンカー	tan ka-
遊艇	ヨット	yo tto
吊車、纜車	ロープウエー	ro- pu u e-
飛機	<ruby>飛<rt>ひ</rt></ruby><ruby>行<rt>こう</rt></ruby><ruby>機<rt>き</rt></ruby>	hi kou ki

mp3

東京	とうきょう 東京	tou kyou
新宿	しんじゅく 新宿	shin jyu ku
渉谷	しぶや 渋谷	shi bu ya
池袋	いけぶくろ 池袋	i ke bu ku ro
惠比壽	えびす 恵比寿	e bi su
淺草	あさくさ 浅草	a sa ku sa
神奈川	かながわ 神奈川	ka na ga wa
名古屋	なごや 名古屋	na go ya
大阪	おおさか 大阪	oo sa ka
橫濱	よこはま 横浜	yo ko ha ma
沖繩	おきなわ 沖縄	o ki na wa
神戶	こうべ 神戸	kou be
京都	きょうと 京都	kyou to
奈良	なら 奈良	na ra
北海道	ほっかいどう 北海道	ho kka i dou
札幌	さっぽろ 札幌	sa ppo ro
仙台	せんだい 仙台	sen da i
九州	きゅうしゅう 九州	kyuu syuu
長崎	ながさき 長崎	na ga sa ki
福岡	ふくおか 福岡	fu ku o ka

廣島	<ruby>広<rt>ひろ</rt></ruby><ruby>島<rt>しま</rt></ruby>	hi ro shi ma
千葉	<ruby>千<rt>ち</rt></ruby><ruby>葉<rt>ば</rt></ruby>	chi ba
那霸	<ruby>那<rt>な</rt></ruby><ruby>霸<rt>は</rt></ruby>	na ha
鹿兒島	<ruby>鹿<rt>か</rt></ruby><ruby>児<rt>ご</rt></ruby><ruby>島<rt>しま</rt></ruby>	ka go shi ma
對馬	<ruby>対<rt>つ</rt></ruby><ruby>馬<rt>しま</rt></ruby>	tsu shi ma
大分	<ruby>大<rt>おお</rt></ruby><ruby>分<rt>いた</rt></ruby>	oo i ta
松江	<ruby>松<rt>まつ</rt></ruby><ruby>江<rt>え</rt></ruby>	ma tsu e
山口	<ruby>山<rt>やま</rt></ruby><ruby>口<rt>ぐち</rt></ruby>	ya ma gu chi
和歌山	<ruby>和<rt>わ</rt></ruby><ruby>歌<rt>か</rt></ruby><ruby>山<rt>やま</rt></ruby>	wa ka ya ma
岡山	<ruby>岡<rt>おか</rt></ruby><ruby>山<rt>やま</rt></ruby>	o ka ya ma
福島	<ruby>福<rt>ふく</rt></ruby><ruby>島<rt>しま</rt></ruby>	fu ku shi ma
宇都宮	<ruby>宇<rt>う</rt></ruby><ruby>都<rt>つの</rt></ruby><ruby>宮<rt>みや</rt></ruby>	u tsu no mi ya
崎玉	<ruby>埼<rt>さい</rt></ruby><ruby>玉<rt>たま</rt></ruby>	sa i ta ma
新潟	<ruby>新<rt>にい</rt></ruby><ruby>潟<rt>がた</rt></ruby>	nii ga ta
金澤	<ruby>金<rt>かな</rt></ruby><ruby>沢<rt>ざわ</rt></ruby>	ka na za wa
長野	<ruby>長<rt>なが</rt></ruby><ruby>野<rt>の</rt></ruby>	na ga no
成田機場	<ruby>成<rt>なり</rt></ruby><ruby>田<rt>た</rt></ruby><ruby>空<rt>くう</rt></ruby><ruby>港<rt>こう</rt></ruby>	na ri ta kuu kou
羽田機場	<ruby>羽<rt>はね</rt></ruby><ruby>田<rt>だ</rt></ruby><ruby>空<rt>くう</rt></ruby><ruby>港<rt>こう</rt></ruby>	ha ne da kuu kou
關西機場	<ruby>関<rt>かん</rt></ruby><ruby>西<rt>さい</rt></ruby><ruby>空<rt>くう</rt></ruby><ruby>港<rt>こう</rt></ruby>	kan sa i kuu kou

多少錢	いくら	i ku ra
收銀台	レジ	re ji
收銀員	レジ係	re ji ga ka ri
現金	現金	gen kin
找續	おつり	o tsu ri
收據	領収書	ryou syuu syo
收據	レシート	re shi- to
價格	値段	ne dan
定價	定価	tei ka
折扣	割引	wa ri bi ki
減價	値引き	ne bi ki
大特賣	バーゲンセール	ba- gen se- ru
購物袋	買い物袋	ka i mo no bu ku ro
商標	商標	syou hyou
名牌	ブランド品	bu ran do hin
新產品	新製品	shin sei hin
二手貨	中古品	cyuu ko hin
真貨	本物	hon mo no
假貨	偽物	ni se mo no
推薦商品	おすすめ品	o su su me hin

開門時間	かいてんじこく 開店時刻	kai ten ji ko ku
關門時間	へいてんじこく 閉店時刻	hei ten ji ko ku
24小時營業	にじゅうよじかんえいぎょう ２４時間営業	ni jyuu yo ji kan ei gyou
全年無休	ねんじゅうむきゅう 年中無休	nen jyuu mu kyuu
超市	スーパー	su- pa-
百貨公司	デパート	de pa-to
小賣店	ばいてん 売店	ba i ten
商店	しょうてん 商店	syou ten
地攤	ろてん 露店	ro ten
專門店	せんもんてん 専門店	sen mon ten
舊書店	ふるほんや 古本屋	fu ru hon ya
秋葉原	あきはばら 秋葉原	a ki ha ba ra
銀座	ぎんざ 銀座	gin za
日元	えん 円	en
人民幣	じんみんげん 人民元	jin min gen
美元	ドル	do ru
支票	こぎって 小切手	ko gi tte
信用卡	クレジットカード	ku re ji ttoka- do
提款卡	キャッシュカード	kya ssyuka- do
存摺	よきんつうちょう 預金通帳	yo kin tsuu cyou

04 數詞與量詞

mp3 ↑

0	ぜろ	ze ro
1	いち	i chi
2	に	ni
3	さん	san
4	よん / し	yon / shi
5	ご	go
6	ろく	ro ku
7	なな / しち	na na / shi chi
8	はち	ha chi
9	きゅう / く	kyuu / ku
10	じゅう	jyuu
11	じゅういち	jyuu i chi
12	じゅうに	jyuu ni
13	じゅうさん	jyuu san
14	じゅうよん	jyuu yon
15	じゅうご	jyuu go
16	じゅうろく	jyuu ro ku
17	じゅうなな	jyuu na na
18	じゅうはち	jyuu ha chi
19	じゅうきゅう	jyuu kyuu

20	にじゅう	ni jyuu
100	百	hya ku
1 000	千	sen
10 000	<ruby>一<rt>いち</rt></ruby><ruby>万<rt>まん</rt></ruby>	i chi man
100 000	<ruby>十<rt>じゅう</rt></ruby><ruby>万<rt>まん</rt></ruby>	jyuu man
1 000 000	<ruby>百<rt>ひゃく</rt></ruby><ruby>万<rt>まん</rt></ruby>	hya ku man
10 000 000	<ruby>一千万<rt>いっせんまん</rt></ruby>	i ssen man
100 000 000	<ruby>一<rt>いち</rt></ruby><ruby>億<rt>おく</rt></ruby>	i chi o ku
個	<ruby>個<rt>こ</rt></ruby>	ko
張、枚、塊	<ruby>枚<rt>まい</rt></ruby>	ma i
條、瓶	<ruby>本<rt>ほん</rt></ruby>	hon
隻、條	<ruby>匹<rt>ひき</rt></ruby>	hi ki
本、冊	<ruby>冊<rt>さつ</rt></ruby>	sa tsu
雙	<ruby>足<rt>そく</rt></ruby>	so ku
套	セット	se tto
台、輛	<ruby>台<rt>だい</rt></ruby>	da i
頁	ページ	pe- ji
封	<ruby>通<rt>つう</rt></ruby>	tsuu

05 星期與時間

年	年（ねん）	nen
月	月（がつ）	ga tsu
日	日（にち）	ni chi
時	時（じ）	ji
分	分（ふん）	fun
秒	秒（びょう）	byou
星期一	月曜日（げつようび）	ge tsu you bi
星期二	火曜日（かようび）	ka you bi
星期三	水曜日（すいようび）	su i you bi
星期四	木曜日（もくようび）	mo ku you bi
星期五	金曜日（きんようび）	kin you bi
星期六	土曜日（どようび）	do you bi
星期日	日曜日（にちようび）	ni chi you bi
星期幾	何曜日（なんようび）	nan you bi
一月	一月（いちがつ）	i chi ga tsu
二月	二月（にがつ）	ni ga tsu
三月	三月（さんがつ）	san ga tsu
四月	四月（しがつ）	shi ga tsu
五月	五月（ごがつ）	go ga tsu
六月	六月（ろくがつ）	ro ku ga tsu

七月	しちがつ 七 月	shi chi ga tsu
八月	はちがつ 八 月	ha chi ga tsu
九月	く がつ 九 月	ku ga tsu
十月	じゅうがつ 十 月	jyuu ga tsu
十一月	じゅういちがつ 十 一 月	jyuu i chi ga tsu
十二月	じゅう に がつ 十 二 月	jyuu ni ga tsu
一日	ついたち 一 日	tsu i ta chi
二日	ふつか 二日	fu tsu ka
三日	みっか 三日	mi kka
四日	よっか 四日	yo kka
五日	いつか 五日	i tsu ka
六日	むいか 六日	mu i ka
七日	なのか 七日	na no ka
八日	ようか 八日	you ka
九日	ここのか 九日	ko ko no ka
十日	とおか 十日	to o ka
幾年	なんねんかん 何 年 間	nan nen kan
幾個月	なん げつ 何 か月	nan ka ge tsu
幾個星期	なんしゅうかん 何 週 間	nan syuu kan
幾個小時	なんじかん 何 時 間	nan ji kan

mp3

日本料理	日本料理	ni hon ryou ri
日本菜	和食	wa syo ku
天婦羅	天ぷら	ten pu ra
壽司	寿司	su shi
魚生	刺身	sa shi mi
日式火鍋	すき焼き	su ki ya ki
涮涮鍋	しゃぶしゃぶ	sya bu say bu
關東煮	おでん	o den
燒雞肉串	焼き鳥	ya ki to ri
味噌湯	味噌汁	mi so shi ru
梅乾	梅幹し	u me bo shi
大阪燒	お好み焼き	o ko no mi ya ki
炸豬排	豚カツ	ton ka tsu
麻婆豆腐	麻婆豆腐	ma- bo- dou fu
拔絲番薯	大学芋	da i ga ku i mo
炒飯	チャーハン	cya- han
烏冬	うどん	u don
滑蛋雞肉飯	親子丼	o ya ko don
蕎麥麵	そば	so ba
炒麵	焼きそば	ya ki so ba

拉麵	ラーメン	ra- men
意大利粉	スパゲッティ	su pa ge tti
燒賣	シュウマイ	syuu mai
肉包	肉^{にく}まん	ni ku man
煎餃子	焼^やき餃子^{ぎょうざ}	ya ki gyou za
水餃	水餃子^{すいぎょうざ}	su i gyou za
餛飩	ワンタン	wan tan
醃菜	漬物^{つけもの}	tsu ke mo no
三文治	サンドイッチ	san do i cchi
薄餅	ピザ	pi za
芥末	わさび	wa sa bi
納豆	納豆^{なっとう}	na ttou
咖喱飯	カレーライス	ka re- ra i su
秋刀魚	秋刀魚^{さんま}	san ma
春卷	春卷^{はるまき}	ha ru ma ki
粉絲	春雨^{はるさめ}	ha ru sa me
粥	お粥^{かゆ}	o ka yu
湯	スープ	su- pu
麵包	パン	pan
懷石料理	懐石料理^{かいせきりょうり}	ka i se ki ryou ri

富士山	富士山 （ふじさん）	fu ji san
迪士尼樂園	ディズニー・ランド	di zu ni- ran do
唐人街	中華街 （ちゅうかがい）	cyuu ka ga i
靖國神社	靖国神社 （やすくにじんじゃ）	ya su ku ni jin jya
東京鐵塔	東京タワー （とうきょう）	tou kyou ta wa-
晴空塔	スカイツリー	su ka i tsu ri-
秋葉原	秋葉原 （あきはばら）	a ki ha ba ra
銀座	銀座 （ぎんざ）	gin za
明治神宮	明治神宮 （めいじじんぐう）	mei ji jin guu
雷門	雷門 （かみなりもん）	ka mi na ri mon
東京灣	東京湾 （とうきょうわん）	tou kyou wan
上野公園	上野公園 （うえのこうえん）	u e no kou en
二條城	二條城 （にじょうじょう）	ni jyou jyou
別府	別府 （べっぷ）	be ppu
皇居	皇居 （こうきょ）	kou kyo
國會議事堂	国会議事堂 （こっかいぎじどう）	ko kkai gi ji dou
和平公園	平和公園 （へいわこうえん）	hei wa kou en
姬路城	姫路城 （ひめじじょう）	hi me ji jyou
富士五湖	富士五湖 （ふじごこ）	fu ji go ko
國立博物館	国立博物館 （こくりつはくぶつかん）	ko ku ri tsu ha ku bu tsu kan

二重橋	にじゅうばし 二重橋	ni jyuu ba shi
上野動物園	うえ の どうぶつえん 上野動物園	u e no dou bu tsu en
熱海	あたみ 熱海	a ta mi
新宿	しんじゅく 新宿	shin jyu ku
鎌倉	かまくら 鎌倉	ka ma ku ra
伊豆	いず 伊豆	i zu
那霸	なは 那霸	na ha
函館	はこだて 函館	ha ko da te
六本木	ろっぽんぎ 六本木	ro ppon gi
金閣寺	きんかくじ 金閣寺	kin ka ku ji
銀閣寺	ぎんかくじ 銀閣寺	gin ka ku ji
清水寺	きよみずでら 清水寺	ki yo mi zu de ra
法隆寺	ほうりゅうじ 法隆寺	hou ryuu ji
南禪寺	なんぜんじ 南禅寺	nan zen ji
淺草寺	せんそうじ 浅草寺	sen sou ji
唐招提寺	とうしょうだいじ 唐招提寺	tou syou dai ji
箱根溫泉	はこねおんせん 箱根温泉	ha ko ne on sen
東京大學	とうきょうだいがく 東京大学	tou kyou da i ga ku
早稻田大學	わせだだいがく 早稲田大学	wa se da da i ga ku
京都大學	きょうとだいがく 京都大学	kyou to dai ga ku

08 數碼與家電

mp3 ↑

手機	携帯電話 (けいたいでんわ)	kei ta i den wa
電腦	コンピューター	kon pyu- ta-
個人電腦	パソコン	pa so kon
平板電腦	タブレット PC	ta bu re tto PC
電子詞典	電子辞書 (でんしじしょ)	den shi ji syo
USB	USB フラッシュメモリー	USB fu ra ssyu me mo ri-
移動硬盤	リムーバブル・ハードディスク	ri mu- ba bu ru ha- do di su ku
打印機	プリンター	pu rin ta-
掃描器	スキャナー	su kya na-
監控攝錄機	監視カメラ (かんし)	kan shi ka me ra
相機	カメラ	ka me ra
數碼相機	デジタルカメラ	de ji ta ru ka me ra
攝錄機	ビデオカメラ	bi de o ka me ra
時鐘	時計 (とけい)	to kei
手錶	腕時計 (うでどけい)	u de do kei
插頭	プラグ	pu ra gu
插座	コンセント	kon sen to
電線	コード	ko- do
冷氣	エアコン	e a kon
電風扇	扇風機 (せんぷうき)	sen puu ki

加濕器	かしつき 加湿器	ka shi tsu ki
空氣淨化器	くうきせいじょうき 空気清浄器	kuu ki sei jyou ki
淨水器	じょうすいき 浄水器	jyou su i ki
雪櫃	れいぞうこ 冷蔵庫	rei zou ko
洗衣機	せんたくき 洗濯機	sen ta ku ki
收音機	ラジオ	ra ji o
錄音機	テープレコーダー	te- pure ko- da-
CD 機	CD プレーヤー	CD pu re- ya-
DVD 機	DVD プレーヤー	DVD pu re- ya-
電視機	テレビ	te re bi
液晶電視機	えきしょう 液晶 テレビ	e ki syou te re bi
顯示器	ディスプレイ	di su pu re i
遙控器	リモコン	ri mo kon
電燈泡	でんきゅう 電球	den kyuu
手電筒	かいちゅうでんとう 懐中電灯	ka i cyuu den tou
霓虹燈	ネオンサイン	ne on sa in
電暖爐	でんき 電気ストーブ	den ki su to- bu
乾電池	かんでんち 乾電池	kan den chi
熨斗	アイロン	a i ron
剃鬚刀	ひげそ 髭剃り	hi ge so ri

mp3

洗面乳	洗顔料（せんがんりょう）	sen gan ryou
香水	香水（こうすい）	kou su i
洗面奶	洗顔クリーム（せんがん）	sen gan ku ri- mu
化妝棉	スポンジ	su pon ji
化妝水	化粧水（けしょうすい）	ke syou su i
爽膚水	フレッシュナー	pu re ssyu na-
卸妝液	クレンジングクリーム	ku ren jin gu ku ri- mu
粉底	ファンデーション	fan de- syon
保濕液	モイスチャー・ローション	mo i su cya- ro- syon
保濕霜	保湿クリーム（ほしつ）	ho shi tsu ku ri- mu
護手霜	ハンドクリーム	han do ku ri- mu
防曬霜	日焼け止めクリーム（ひやけど）	hi ya ke do me ku ri- mu
防曬乳	日焼け止め乳液（ひやけどにゅうえき）	hi ya ke do me nyuu e ki
鬚後乳液	アフターシェービング・ローション	a fu ta- sye- bingu ro- syon
肥皂	せっけん	se kken
乳液	乳液（にゅうえき）	nyuu e ki
乳霜	クリーム	ku ri- mu
晚霜	ナイトクリーム	na i to ku ri- mu
精華液	エッセンス	e ssen su

去角質	エクスフォリエイター	e ku su fo ri e i ta-
日霜	デイクリーム	de i ku ri- mu
面膜	フェースパック	fe- su pa kku
唇膏	口紅 (くちべに)	ku chi be ni
唇蜜	リップグロス	ri ppu gu ro su
唇膏	リップクリーム	ri ppu ku ri- mu
指甲油	マニキュア	ma ni kyu a
剃鬚膏	シェービングクリーム	sye- bin gu ku ri- mu
吸油面紙	あぶらとり紙 (がみ)	a bu ra to ri ga mi
腮紅	ほお紅 (べに)	ho o be ni
眼影	アイシャドー	a i sya do-
眼線筆	アイライナー	a i ra i na-
眉筆	アイブローペンシル	a i be ro- pen shi ru
睫毛夾	ビューラー	byu- ra-
睫毛膏	マスカラ	ma su ka ra
AVON	エイボン	e i bon
資生堂	資生堂 (しせいどう)	shi sei dou
Nivea	ニベア	ni be a
Clinique	クリニーク	ku ri ni- ku
Estée Lauder	エスティローダー	e su ti ro- da-
雪肌精	雪肌精 (せっきせい)	se kki sei

mp3

上	上 うえ	u e
下	下 した	shi ta
左	左 ひだり	hi da ri
右	右 みぎ	mi gi
前	前 まえ	ma e
後	後 うしろ	u shi ro
左邊	左側 ひだりがわ	hi da ri ga wa
右邊	右側 みぎがわ	mi gi ga wa
上下	上下 じょうげ	jyou ge
左右	左右 さゆう	sa yuu
前後	前後 ぜんご	zen go
裡面	中 なか	na ka
外面	外 そと	so to
中間	中央 ちゅうおう	cyuu ou
旁邊	そば	so ba
這裡	ここ	ko ko
那裡	そこ / あそこ	so ko / a so ko
哪裡	どこ	do ko

近處	近く	chi ka ku
遠處	遠く	to o ku
對面	向い	mu ka i
斜對面	斜め向かい	na na me mu ka i
隔壁	隣	to na ri
內側	内側	u chi ga wa
外側	外側	so to ga wa
橫	横	yo ko
豎	縦	ta te
東	東	hi ga shi
西	西	ni shi
南	南	mi na mi
北	北	ki ta
東南	東南	tou nan
西南	南西	nan sei
東北	北東	ho ku tou
西北	北西	ho ku sei
東西南北	東西南北	tou za i nan bo ku

酒店	ホテル	ho te ru
套房	スイートルーム	su i- to ru- mu
雙人房	ダブルルーム	da bu ru ru- mu
單人房	シングルルーム	shin gu ru ru- mu
雙人房	ツインルーム	tsu in ru- mu
雙人套房	コネクティングルーム	ko ne ku tin gu ru- mu
總統套房	プレジデントルーム	pu re ji den to ru- mu
吸煙房間	スモーキングルーム	su mo- kin gu ru- mu
禁煙房間	ノースモーキングルーム	no- su mo- kin gu ru- mu
客滿	満室	man shi tsu
前台	フロント	fu ron to
大廳	ロビー	ro bi-
宴會	宴会	en ka i
附淋浴間	シャワー付き	sya wa- tsu ki
附洗手間	トイレ付き	to i re tsu ki
入住手續	チェックイン	cye kku in
退房	チェックアウト	cye kku a u to
入住卡	宿泊カード	syu ku ha ku ka- do
房卡	ルームキー	ru- mu ki-

行李員	ベルボーイ	be ru bo- i
保險櫃	セーフティーボックス	se- fu ti- bo kku su
房號	ルームナンバー	ru- mu nan ba-
樓層	フロア	fu ro a
行李	スーツケース	su- tsu ke- su
緊急出口	非常口 ひじょうぐち	hi jyou gu chi
浴室	バスルーム	ba su ru- mu
客房服務	ルームサービス	ru- mu sa- bi su
小酒吧	ミニバー	mi ni ba-
衣架	ハンガー	han ga-
床單	シーツ	shi- tsu
枕頭	まくら	ma ku ra
枕套	枕カバー まくら	ma ku ra ka ba-
被子	布団 ふとん	fu ton
被套	布団カバー ふとん	fu ton ka ba-
毛巾	タオル	ta o ru
浴巾	バスタオル	ba su ta o ru
浴衣	バスローブ	ba su ro- bu
洗髮水	シャンプー	syan pu-
沐浴露	ボディーシャンプー	bo di- syan pu-

音樂會	コンサート	kon sa- to
卡拉 OK	カラオケ	ka ra o ke
音樂	音楽	on ga ku
搖滾	ロック	ro kku
古典樂	クラシック	ku ra si kku
鋼琴	ピアノ	pi a no
結他	ギター	gi ta-
小提琴	バイオリン	ba i o rin
芭蕾舞	バレエ	be re e
歌劇	オペラ	o pe ra
社交舞	社交ダンス	sya kou dan su
馬戲	サーカス	sa- ka su
魔術	マジック	ma ji kku
相聲	漫才	man za i
柔道	柔道	jyuu dou
劍術	剣道	ken dou
相撲	相撲	su mou
馬拉松	マラソン	ma ra son
文化中心	文化センター	bun ka sen ta-
文學	文学	bun ga ku

小説	しょうせつ 小説	syou se tsu
漫畫	まんが 漫画	man ga
動畫	アニメ	a ni me
美術	びじゅつ 美術	bi jyu tsu
油畫	あぶらえ 油絵	a bu ra e
國畫	ちゅうごくえ 中国絵	cyuu go ku e
書法	しょどう 書道	syo dou
插花	いばな 生け花	i ke ba na
茶道	ちゃどう 茶道	cya dou
遊車河	ドライブ	do ra i bu
電子遊戲	テレビゲーム	te re bi ge- mu
啤牌	トランプ	to ran pu
麻將	マージャン	ma- jyan
波子機	パチンコ	pa chin ko
釣魚	つ 釣り	tsu ri
單車旅行	サイクリング	sa i ku rin gu
旅遊	りょこう 旅行	ryo kou
賽馬	けいば 競馬	ke i ba
游泳	すいえい 水泳	su i ei
集郵	きってしゅうしゅう 切手収集	ki tte syuu syuu

⑬ 常用動詞

吃	食<ruby>べる<rt>た</rt></ruby>	ta be ru
喝	飲<ruby>む<rt>の</rt></ruby>	no mu
來	來<ruby>る<rt>く</rt></ruby>	ku ru
去	行<ruby>く<rt>い</rt></ruby>	i ku
玩	遊<ruby>ぶ<rt>あそ</rt></ruby>	a so bu
聽	聞<ruby>く<rt>き</rt></ruby>	ki ku
說	言<ruby>う<rt>い</rt></ruby>	i u
讀	読<ruby>む<rt>よ</rt></ruby>	yo mu
寫	書<ruby>く<rt>か</rt></ruby>	ka ku
譯	訳<ruby>す<rt>やく</rt></ruby>	ya ku su
教	教<ruby>える<rt>おし</rt></ruby>	o shi e ru
拿	持<ruby>つ<rt>も</rt></ruby>	mo tsu
取	取<ruby>る<rt>と</rt></ruby>	to ru
上（車）	上<ruby>がる<rt>あ</rt></ruby>	a ga ru
下（車）	降<ruby>りる<rt>お</rt></ruby>	o ri ru
穿（衣）	着<ruby>る<rt>き</rt></ruby>	ki ru
穿（褲、鞋）	穿<ruby>く<rt>は</rt></ruby>	ha ku
脫	脱<ruby>ぐ<rt>ぬ</rt></ruby>	nu gu
做	作<ruby>る<rt>つく</rt></ruby>	tsu ku ru
繫	締<ruby>める<rt>し</rt></ruby>	shi me ru
洗	洗<ruby>う<rt>あら</rt></ruby>	a ra u

看	見る み	mi ru
摸	触る さわ	sa wa ru
買	買う か	ka u
玩	遊ぶ あそ	a so bu
見	会う あ	a u
開	開く ひら	hi ra ku
關	閉める し	shi me ru
走	歩く ある	a ru ku
跑	走る はし	ha shi ru
飛	飛ぶ と	to bu
跳	跳ぶ と	to bu
爬（山）	登る のぼ	no bo ru
有	ある	a ru
吸（煙）	吸う す	su u
睡覺	寝る ね	ne ru
起床	起きる お	o ki ru
選擇	選ぶ えら	e ra bu
學習	勉強する べんきょう	ben kyou su ru
下（雨）	降る ふ	fu ru
游泳	泳ぐ およ	o yo gu
拍照	撮る と	to ru
散步	散歩する さんぽ	san po su ru

mp3

大	大(おお)きい	oo kii
小	小(ちい)さい	chii sa i
多	多(おお)い	oo i
少	少(すく)ない	su ku na i
長	長(なが)い	na ga i
短	短(みじか)い	mi ji ka i
高	高(たか)い	ta ka i
低	低(ひく)い	hi ku i
遠	遠(とお)い	too i
近	近(ちか)い	chi ka i
快	早(はや)い	ha ya i
慢	遅(おそ)い	o so i
冷	寒(さむ)い	sa mu i
熱	熱(あつ)い	a tsu i
厚	厚(あつ)い	a tsu i
薄	薄(うす)い	u su i
亮	明(あか)るい	a ka ru i
暗	暗(くら)い	ku ra i
濃	濃(こ)い	ko i
輕	軽(かる)い	ka ru i
重	重(おも)い	o mo i

忙	忙<ruby>いそが</ruby>しい	i so ga shii
痛	痛<ruby>いた</ruby>い	i ta i
酸	酸<ruby>す</ruby>っぱい	su ppa i
甜	甘<ruby>あま</ruby>い	a ma i
苦	苦<ruby>にが</ruby>い	ni ga i
辣	辛<ruby>から</ruby>い	ka ra i
貴	高<ruby>たか</ruby>い	ta ka i
便宜	安<ruby>やす</ruby>い	ya su i
高興	嬉<ruby>うれ</ruby>しい	u re shi i
悲傷	悲<ruby>かな</ruby>しい	ka na shi i
寂寞	寂<ruby>さび</ruby>しい	sa bi shi i
有趣	おもしろい	o mo shi ro i
痛苦	苦<ruby>くる</ruby>しい	ku ru shi i
害羞	恥<ruby>は</ruby>ずかしい	ha zu ka shi i
好吃	おいしい	o i shi i
可愛	かわいい	ka wa ii
可笑	おかしい	o ka shi i
危險	危<ruby>あぶ</ruby>ない	a bu na i
溫柔	優<ruby>やさ</ruby>しい	ya sa shi i
美麗	美<ruby>うつく</ruby>しい	u tsu ku shii
害怕	怖<ruby>こわ</ruby>い	ko wa i

英俊	ハンサム	han sa mu
漂亮	きれい	ki rei
喜歡	好_すき	su ki
討厭	嫌_{きら}い	ki ra i
安靜	静_{しず}か	shi zu ka
熱鬧	賑_{にぎ}やか	ni gi ya ka
有名	有名_{ゆうめい}	yuu mei
親切	親切_{しんせつ}	shin se tsu
熱心	熱心_{ねっしん}	ne sshin
精神	元気_{げんき}	gen ki
空閒	暇_{ひま}	hi ma
方便	便利_{べんり}	ben ri
不便	不便_{ふべん}	fu ben
出色	素敵_{すてき}	su te ki
擅長	上手_{じょうず}	jyou zu
安心	安心_{あんしん}	ann shin
安全	安全_{あんぜん}	ann zen
不擅長	下手_{へた}	he ta
拼命	一生懸命_{いっしょうけんめい}	i ssyou ken mei
簡單	簡単_{かんたん}	kan tan

複雜	複雑 ふくざつ	fu ku za tsu
重要	大事 だい じ	da i ji
沒關係	大丈夫 だいじょう ぶ	da i jyou bu
重要、關鍵	大切 たいせつ	ta i se tsu
不得了	大変 たいへん	ta i hen
的確	確か たし	ta shi ka
不行	駄目 だ め	da me
擅長	得意 とく い	to ku i
特別	特別 とくべつ	to ku be tsu
必要	必要 ひつよう	hi tsu you
真實	本当 ほんとう	hon tou
認真	真面目 ま じ め	ma ji me
難以完成	無理 む り	mu ri
幸福	幸せ しあわ	shi a wa se
重要	重要 じゅうよう	jynu you
正確	正確 せいかく	sei ka ku
正常	正常 せいじょう	sei jyou
必要	必要 ひつよう	hi tsu you
相同	同じ おな	o na ji

超好用的旅遊日語

編著
李傑

審校
野村卓美

編輯
Sherry Chan

美術設計
Nora Chung

排版
盛達

出版者
萬里機構出版有限公司
香港鰂魚涌英皇道1065號東達中心1305室
電話：2564 7511
傳真：2565 5539
電郵：info@wanlibk.com
網址：http://www.wanlibk.com
http://www.facebook.com/wanlibk

發行者
香港聯合書刊物流有限公司
香港新界大埔汀麗路 36 號
中華商務印刷大廈 3 字樓
電話：2150 2100
傳真：2407 3062
電郵：info@suplogistics.com.hk

承印者
中華商務彩色印刷有限公司
香港新界大埔汀麗路 36 號

出版日期
二零一七年十二月第一次印刷

本書原名《隨時隨地學日語：超好用的日語旅遊書》，本中文繁體字版本經原出版者華東理工大學出版社授權在香港出版並在香港、澳門及台灣地區發行。